三毛貓ホームズの暗黒迷路

三色猫探案
暗路迷途

〔日〕**赤川次郎** 著

朱田云 译

人民文学出版社
PEOPLE'S LITERATURE PUBLISHING HOUSE

著作权合同登记号　图字01-2022-0864

图书在版编目（CIP）数据

暗路迷途/（日）赤川次郎著；朱田云译.
—北京：人民文学出版社，2023
（三色猫探案）
ISBN 978-7-02-018130-8

Ⅰ.①暗… Ⅱ.①赤… ②朱… Ⅲ.①长篇小说—
日本—现代 Ⅳ.①I313.45

中国版本图书馆CIP数据核字（2023）第132529号

责任编辑　卜艳冰　陶媛媛
装帧设计　钱　珺

出版发行　人民文学出版社
社　　址　北京市朝内大街166号
邮政编码　100705

印　　制　山东临沂新华印刷物流集团有限责任公司
经　　销　全国新华书店等

字　　数　106千字
开　　本　787毫米×1092毫米　1/32
印　　张　6.375
版　　次　2023年8月北京第1版
印　　次　2023年8月第1次印刷

书　　号　978-7-02-018130-8
定　　价　39.00元

如有印装质量问题，请与本社图书销售中心调换。电话：010-65233595

目 录

中文版总序
三色猫探案：一个温情的故事世界

自三色猫福尔摩斯首次与读者见面，迄今已经有三十六个年头了。三十六年，差不多是普通猫咪寿命的两倍。

把小猫设定为侦探，这一想法的诞生纯属偶然。拿到"全读物推理小说新人奖"的第二年，出版社向我约稿写一部长篇推理小说。我绞尽脑汁苦苦思索如何塑造新奇有趣的主人公，因为在"喜剧推理"的大框架中，侦探的形象写来写去好像只有那几种。

就在这时，家里养了十五年的三色猫走到了生命尽头。这只小猫早已成为家里不可或缺的一员，而且，这十几年是我家生活最为艰辛的一段时期，正是这只三色猫为我们带来了无限欢乐。

等我正式出道，家里的生活终于有所改善之时，三色猫就像完成了自己的任务一样，永远地离开了我们。为了报答小猫多年以来的陪伴，我决定让它在我的作品中复活。于是，在《推理》一书中，与我家小猫形态、毛色如出一辙的"猫侦探"从此登场。

不过，那时我并未打算写成系列。没想到此书一经出版好评如潮，结果我又写出了第二部、第三部……年复一年，不知不觉间，这个系列已迎来了第五十部作品。原本是我希望通过写小说向我家三色猫报恩，结果它又以几十倍的恩情回馈了我。

三色猫福尔摩斯、片山兄妹、石津刑警，这些角色不仅仅是我创作的角色，多年来，广大读者已把他们当作家人一般亲近与喜爱。因此，我会一直把这个系列写下去。

中国出版界很早之前就引进了这套作品中的若干部，不知道猫这种生物，在日本人和中国人心目中的形象是不是有很多共通之处呢？

无论如何，这个系列被翻译成中文并被广泛阅读，这对于作者来说，实在是无上的荣幸。

曾经有一名小学生读者看了"三色猫探案"系列后对我说："原来坏人也是有故事的啊。"在我的书里，猫侦探也好，片山刑警也好，他们都不是对罪犯一味穷追猛打的那种主人公。有些人是因生活所迫，不得已而犯下罪行的。对于他们，我书中的侦探们在彻查真相的同时，总是怀有同情心。

也许现实世界比小说残酷许多，但我衷心期待大家在阅读"三色猫探案"系列时能够暂时忘却现实，在这个充满温暖和人情味的世界中获得治愈和救赎。

猫侦探也是这样希望……的吧。

赤川次郎

二〇一四年四月

楔　子

这条路的尽头没有出口。

"可恶！怎么回事？"屉井不耐烦地砸了下嘴。

"和地图上完全不一样。"片山义太郎左看看右看看，"感觉进了迷宫。"

"回也回不去。居然会被困在这种地方。"屉井叹了口气，"其他弟兄莫非也一样？"

"是啊，"片山用手电筒照着地图，"完全看不出是在哪里了。"

"都怪那家伙！画的什么鬼地图。"

"怎么办？前面没路了。"片山看看墙，"也翻不过去。"

"没办法，掉头退一段路，再看看别的方向吧。"屉井说完突然剧烈咳嗽起来。

"前辈，您没事吧？"

"没事。你小声点儿，别被发现了。"话虽如此，屉井的咳嗽声其实更响了。但因为对方是片山，所以他能这么说。

现在的年轻人，若换作别人，早就当面抱怨了。但片山不一样，他懂得体恤他人。

"抱歉……终于不咳了。"

寒冬的空气好似结了冰，咳嗽过后必然喉咙痛。

好不容易止住了咳嗽，犀井和片山一起往回走。

"这里好像不能右转。"片山看着地图，"嗯……到底哪边？咦，我们是从哪条路过来的？"

身体极度疲劳，但犀井看到片山的模样，忍不住笑了，心情轻松不少。

"你这样的居然也能当上刑警。"犀井说。

"我也觉得奇怪。"片山非常认真地表示赞同。

"走这条路吧。如果走那条，就会绕回老地方。"

"哦，是吗？我已经成了路盲了。"片山被横生出来的枯枝刮到脖子，"是不是因为太冷了？"

"与天气毫无关联。"犀井看看手表，"我们得快点儿，不然又要被那家伙逃走了。"

"好。"

两人继续在七转八弯的小路上找寻出口。

深夜时分。

这附近曾有很多家庭作坊式的小工厂。七八年前，一家家地倒闭停产，住户们也一个个搬离。

如今，这里败落如鬼城。

"很难想象这里也是东京。与繁华的六本木相比，简直一个天一个地。"屉井俊文今年五十九岁，即将退休。

他没有飞黄腾达的命，但很喜欢刑警这份工作。

这当然不是一份闲差。长年奔波劳碌，令他浑身伤病。

再过几个月就要退休了，其实他不必参加今晚的行动。

事实上，即使他来到现场，大家也会跟他说："屉井前辈，您待在车里当联络员吧。"

但越是这么"照顾"他，他越想表现给大家看看，自己是何等老当益壮。

"再多点儿人手就好了。"片山说。

"你懂什么？人太多，反而容易被他逃掉。"

今晚，包括片山在内，搜查一科共出动了近十名刑警，为的是抓捕杀了三个人正在逃亡的金山广造。

金山的一个小弟告诉警方，金山就藏在这里。

按照那小弟画的地图，他们原本的作战计划是堵住金山的逃跑路线，保持阵形，向内缩小包围圈。但来到实地一看，现场道路和地图上画的相差甚远。

"这里居然还有条岔路，可地图上根本没画。"片山停下脚步，"怎么办？"

"分头行动。"

"可是……"

对方是穷凶极恶的罪犯，手里还有枪。单独行动很危险。

突然，屉井又忍不住大声咳嗽起来，咳到身子直不起来。

所幸没咳很久。

"您没事吧，屉井前辈？"

"嗯，走吧。"屉井挺起身子，突然感到腰上一阵刺痛，不由自主地蹲下身。

"屉井前辈！"

"对不起……借我一只手。"

屉井用力抓住片山的手，费了好大力气，才来到路边的废纸箱上坐下来。

"可恶……又是咳嗽又扭了腰。"

腰痛也是他的老毛病，一直拖着没好好治疗过。偏偏这时候发作了。

"您站得起来吗？"片山问。

"好像……不行。"光是坐着已痛得想死。

"屉井前辈，我去叫人。"

"现在是管我的时候吗？你先走！"

"但是……"

"我守在这里，看他会不会从这里逃出来。"

"您一个人？"片山朝小路里头走了几步，"好像又是一条断头路。屉井前辈，那您留在这里。"

"行了，你快去吧。"

"那我走了。"

片山沿着另一条路继续前行。

前方出现手电的光亮。

"是片山前辈吗？"

"哦，是若原啊。"

"是我。"

片山松了一口气："太好了，我还在想万一是金山怎么办。"他终于笑了。

若原今年二十四岁，是刑警队的新人，长着一张娃娃脸，大家都爱逗他。不过一旦动真格的，他也不弱。即使他偶尔发飙，大家也不会怪罪。前辈都特别喜欢他。

"若原，你一个人？"

"嗯，每次遇到岔路都会分开。单独行动时真的有点儿胆怯。片山前辈，您不是和屉井前辈一起的吗？"

"是啊，但屉井前辈扭了腰，动不了。"

"是吗？那咱俩一起吧。"若原似乎很高兴，"一个人走，如果真遇到金山，倒是不会害怕，但遇到他之前的这段时间，心里会发毛。"

"我明白。走吧。"片山拍拍若原的肩膀。

两人一起走向据说金山藏匿其中的废宅。

不知过了多久。

屉井和片山分开后，一直坐在纸箱上忍受腰痛。

可恶，偏偏是在这时候……

疲劳或睡意还可以靠强打精神对付过去，但腰疼真的一点办法都没有。

他不该逞强过来的，现在后悔已太迟。他觉得其他队友完全可以抓住金山。

"但是……怎么这么慢？"

应该是冲进去抓人的时候了。

屉井刚看了一眼手表，就听到连续几声枪响，划破了夜的寂静。他吃了一惊，想站起身，腰痛却让他身不由己。

"别让他跑了！"

"去哪里了？"

黑夜中，喊声不断。

金山跑了？屉井虽然觉得金山肯定不会逃来这里，但还是坐在纸箱上拔出了手枪。

"快！"

"去后面看看！"

周围极其安静，除了队友的喊声，还能听到"啪嗒啪嗒"的脚步声。拜托。可不能让他逃了。

就在这时，屉井突然听到近处传来类似开门的"吱呀"声。怎么回事？

屉井左看看右瞧瞧，没看到哪里有门。

突然，屉井目瞪口呆。

原本以为是一堵墙的地方，其实是活动房的墙板，上面开了一扇门。莫非金山要从这里逃出？

"在哪里？"

"快去找！"

屉井听到队友的喊声。

他判断金山是从大家都意想不到的地方逃出了那间宅子，现在正要逃来自己的眼前。屉井握枪的手在发抖。同时他在想，如果能在这里抓住金山，就能在退休之际获得奖赏，光耀门庭。

眼前的那扇门渐渐打开，一个人影探头探脑地观察着周围。屉井准备掏出手电筒，但手电筒在右边的兜里，要拿得先把枪换持到左手。在这一瞬间，对方很有可能趁机先开枪。

怎么办？

黑暗中，他看不清对方的脸。

但他不打算坐以待毙。

屉井双手举枪，心脏狂跳。

冬夜寒冷，他却在冒汗。

那个男人从门里走出来，背对屉井正要迈步。

"站住！"屉井大叫一声。

男人回头的同时开枪射击。子弹从屉井耳边飞过。

屉井扣动扳机，枪声震耳，他切实地感受到一股后坐力。

并没有特别瞄准，男人却应声倒地。

打中了！

屉井忘记腰疼，站起身来。

他用仍在发抖的手掏出手电筒，战战兢兢地走向那个男人。

男人倒在地上一动不动。

"不许动……不许动！"说着毫无意义的话，屉井朝男人越走越近，举起手电筒照他的脸。

屉井双膝发抖。"怎么可能！"他脱口而出。

手电筒照到的是新人刑警若原的脸。

我……打错人了。

"喂……你醒醒！"

屉井蹲下身，摇动若原的身体。

然而若原没有任何反应，任鲜血长流。

屉井一屁股瘫坐在地。

突然，他感到身后有人，赶紧回头看去。

"屉井前辈刚才就在这里。"片山从转角处跑出来，"屉井前辈！您在哪里？"

他的手电筒照到了瘫坐在地上的屉井。

"屉井前辈，您没事吧？"

片山跑到屉井身边。

"那家伙……"

"嗯？"

"金山他……"

"金山逃去哪里了？"

片山这才注意到有人倒在不远处的地上，赶紧用手电筒一照："若原！"

"他……为了保护我，被金山打中了。"屉井无力地垂下肩膀，"我……真没用。"

"我去叫救护车！"片山对跑来的其他警员大喊，"若原中枪了！你们快去追！"

　　叫完救护车，片山来到若原身边抓起他的手腕。

　　"不行了。"片山摇摇头，"太可怜了……刚才队伍散了，他一个人落了单……"

　　冰冻般的风从狭窄的小巷呼啸而过。

1 未婚妻

"哪有像你这样突然叫我过去的？"晴美一脸不悦，"至少提前一天说嘛。"

"我知道。"片山皱着眉，"但没办法，科长是今天突然跟我说的。"

"幸好跟朋友临时借来的衣服穿得上……我自己的黑色正装前天刚送去洗衣店。"

"来得及就好。"

"是啊。"

片山眺望车窗外："虽然天晴，但是风好大，好冷。"

"那当然，因为现在是冬天。是吧，福尔摩斯？"

在晴美的膝盖上睡了很久的三色猫懒洋洋地抬了一下眼，一声没吭，继续睡觉。

"可能会到得比较早。"开车的石津刑警说。

"行啊，早到比迟到好。"片山说着，正了正领带。

"呃，但是……太早到也不好吧。"

"没关系，那边已经准备好了。我们可以在休息室里喝会儿茶。"

"好吧……"石津有气无力。

晴美见状，忍住笑说道："哥，石津是想找个地方停车吃午饭了。"

"哦，这样啊。"

"不是的！"石津赶紧反驳，"少吃一两顿没关系。"

"别逞强了。前面好像有家快餐连锁店。"

"要不，我们顺路去一下？我都可以……"石津虽然嘴上这么说，脚上已经踩了刹车，放慢了车速，一眨眼的工夫，车已停在餐馆的停车场。

今天是殉职刑警若原等的葬礼日。

片山和石津肯定要出席，晴美之所以突然被叫来，是因为……"所以她叫什么名字？"点好餐，晴美问。

"我看看，"片山翻开了记事簿，"中泽江里，二十四岁，白领。"

"有照片吗？"

"我怎么可能有！"

"行，去了应该知道。"晴美先记下姓名。

若原的未婚妻叫中泽江里。

这是片山昨天才知道的事，估计今天会有大批媒体前来采访。

"总之，葬礼这天得有个人陪着他未婚妻。"科长吩咐道。找谁呢？大部分人都没见过她。

"若原生前和母亲一起生活。"片山说，"他母亲见过。"

"对他母亲而言，宝贝儿子就这么没了……"

"嗯……"片山现在想起来都觉得心情沉重。

他和科长一起去若原家告诉那位母亲若原殉职的消息。一开始还客气地招待他们的若原母亲，听说儿子死了，立刻脸色煞白，但没有掉一滴眼泪，坚强地说："自从他选择了当警察，我就准备好会有这一天。"

科长表示："我们一定会抓住凶手！"

若原母亲低下头说："拜托你们了。"

媒体对此大肆报道，说这是金山手里的"第四条人命"。目前金山手里有枪，潜逃在外，很可能继续行凶。

"真丢脸。我们出动了十个人，居然还是被他跑了。"片山叹了口气，"若原还被杀了。"

"不是你的错。"

"但是如果我一直和他在一起的话……我们是在冲进金山藏匿其中的废宅时分开的。"

令片山难受的不止这一点。

没能抓住金山，这明显是警方的失误。但因为若原死了，媒体都追着"叹息的母亲"做文章，所以尚且没有追究警方的责任。

片山虽然不想被追责，但不少同事因此觉得庆幸，这让他更加难受。一想到这些，他完全没了食欲。

石津却毫不介意，狼吞虎咽地吃着午餐。

"什么！"

一个女人的叫声令片山等人放下了手里的碗筷。

穿黑色套裙的年轻女人坐在离他们不远处的另一张桌子上，引起了晴美的注意。

或许她也要去同一家殡仪馆？

一家殡仪馆会同时举行好几场葬礼，见到身着葬仪服饰的人倒也不稀奇。和女人聊得正起劲的是个年近五十、穿西装的男人，虽然看起来两人可以做父女了，但他们明显是另一种关系。

"你找我来就是为了说这个？"女人的声音越来越响，片山这桌都听得到。

"你别这么大声嘛……"男人慌忙安抚。

"我的嗓门很正常！"女人明显在生气。

"冷静点儿。"

"我很冷静!"女人的声音越来越高亢。

"你应该明白,我有工作,不能和你在一起。家里人已经发现我们的事,每天挖苦我……"

"你这么怕家里人?"

"当然怕,我的工作全靠岳父。如果我们现在分手,他们顶多挖苦我几句,否则……"

这种时候,如果男人决定逃跑,那就是想分手了。

"没用的东西!"女人怒骂,"既然跟年轻女孩约会,就该准备好付出代价!"

周围的顾客都在看热闹。

"话不是这么说的,"男人也不乐意了,"你知道我在你身上花了多少钱吗?请你吃的都是法国大餐、意大利料理,对了,还请你吃过河豚,那顿饭单人就是三万日元呢!因为你,我很久没闲钱喝酒了……"

晴美越听越烦,觉得跟这种男人,就该早点儿分手。

"那真是对不起。"女人的语气转为冷淡,"要不您算一下一共多少钱?给我寄张单据吧。"

男人自觉说得有些过分:"我不是这个意思,但是……"

"我走了,"女人站起身,"这顿咖啡算我的账。"甩下一张千元钞票，"不用找零了。"说完立刻转身大步离开。

"等一下……喂！"男人想去追，撞上端饮料的服务生。

"哇！好冰！"果汁、可乐打翻在男人身上，他生气地吼道，"走路不长眼啊！"

服务生也不服软："干什么！明明是你突然撞过来！"

"你说什么？还敢顶嘴！"

"啪！"服务生突然抽了男人一记耳光。

和脸疼相比，男人更感到惊愕。店里响起一片掌声，表达对这一记耳光的欣赏。

"是这里吧？"

石津把车驶入殡仪馆的大门。

"已经有人在等着了。"

晴美看到寒风中穿着厚外套、扛着摄影机的记者们，忍不住感叹："真辛苦。"

"喵——"

"福尔摩斯也有同感。"片山说，"晴美，接下去就拜托你了。"

"好。是中泽江里，对吧？"

晴美突然被叫来，就是要陪若原的未婚妻。

"她来了吗？"

"不知道，进去看看吧。"

下车后，片山一行推开贴有"若元等告别式"纸牌的门。

里面在作准备，正面悬挂着一张被鲜花包围、笑容可掬的青年的照片。

"看着年纪很小。"晴美说，"真不幸。"

"啊，片山先生。"一个穿黑色套裙的女人走了过来，"上次谢谢您。"

是若原的母亲，头发虽已斑白，但一脸正气，未见泪痕。

片山把晴美介绍给她。

"我是若原洋子。江里一个人会很寂寞的，谢谢你能过来陪她。"

"中泽小姐已经来了？"

"嗯，在休息室……就在里面。"

"谢谢您。"晴美催促道，"福尔摩斯，我们走。"

这时，他们听到有人喊："片山……"

回头一看，是拄着拐杖的屉井。

"屉井前辈，您没事了？"

"啊，没那么疼了。"虽然他嘴上这么说，但行动看上去还很不自在。

"但是……"

"这位是若原的……"

"嗯，是若原的母亲。"

"我叫屉井。"屉井走到若原洋子面前，扔掉拐杖。掉在冰冷地面上的拐杖"咯噔咯噔"打着滚。屉井突然下跪："对不起！"他低着头说，"我明明在那里，却没能阻止您儿子遇到那样的事，真不知该怎么向您谢罪……"

"您别这样！快起来！"若原洋子赶紧蹲下，"您身体不好，快别这样……"

"腰疼和膝盖疼，是我活着的证明，但若原再也不会感到疼了。"

"屉井前辈，您快起来！"片山扶屉井起来，晴美帮着拿来拐杖交到他手里。

"我只恨凶手！"洋子说，"我明白，为了追捕凶犯，刑警会把性命豁出去。"

"谢谢您这么说……"屉井被片山扶坐到椅子上。

晴美和福尔摩斯一起走向里间的休息室。

时间还早，房间里空荡荡的，最里面坐着一个女人，背对着门口在喝茶。

"打扰了。"晴美打招呼，"您是中泽江里小姐吧？"

女人一回头，晴美目瞪口呆。

是刚才在餐馆里和出轨男人吵翻天的那个女人！

"我是中泽。"女人困惑地看着晴美。

"啊……我叫片山晴美。我哥是警视厅搜查一科的刑警。"

听完晴美的自我介绍，女人总算明白过来："哦，我听阿等的妈妈说了。"女人站起身，"我是中泽江里。谢谢你特地来陪我……"

"不客气。"晴美朝脚边看去，"这是福尔摩斯。"

看到福尔摩斯，中泽江里露出笑意："哇，好漂亮的三色猫！"她说，"我也想过养这样的猫。"

"喵——"福尔摩斯回应似的，叫了一声，惹得中泽江里"咯咯"笑。

"好聪明的猫啊。"

"就是脾气有些大。"晴美说，"说起来这次真的……"

"你说阿等？"江里垂下视线，"我至今都无法相信。"

"是啊。"

晴美不知还能说什么。这个女人有未婚夫，却和已婚男人混在一起。真不知她是怎么想的。

这时，石津走进来。

"晴美！"

"石津，你怎么来了？"

"你哥说最好戴上黑袖章……咦？"石津看到了中泽江里，"这不是刚才餐馆里的……"

"石津！"晴美赶紧打断他，"把袖章给我吧。"接过袖章又说："谢谢，你快回去吧。"说完立刻推石津出去。

两人沉默了片刻，气氛有些尴尬。过了好一会儿，江里先开口："你们刚才也在那家餐馆啊。我没看到你们。"

"哎……石津是我哥的后辈，人很好，只是……太耿直了，傻乎乎的。"

"既然您知道了，应该能明白吧，"江里说，"我一滴眼泪都流不出来。"

"江里小姐……"

"我和若原的确交往了，但是没有任何激情了，也不心动了。我本来决定要和他解除婚约了。"

"是吗？"

"但现在他被杀了……我还怎么说得出口？"

"是啊。"

"他妈妈也一直以为我们要结婚。暂时只能先这样了。"

"但是……那个男人？"

"餐馆里那个？那是我前公司的上司。我认识若原之前就和他……后来一直藕断丝连，但今天彻底分手了。"

"分得好。"晴美说。

江里微微一笑："谢谢你。你不觉得我花心吗？"

"不觉得，男女之间哪有这么简单？"

"真高兴你能理解。"

"话说回来，"晴美换了话题，"告别式上来了很多媒体。不过你放心，包在我身上……"

2 父亲的影子

"老爸明明可以只要象征性地意思意思……"

亚季子在车里嘟哝。

当然，她知道父亲不会听的。共同生活了二十一年，亚季子太了解他了。

亚季子在车里等了好一会儿，始终不见屉井俊文从告别式会场出来。

果然要等到结束了。

"真拿他没办法……"

亚季子发动引擎，把车开进停车场。

"他是因我而死的。"父亲反复念叨，"所以我一定要参加他的告别式。"

她并非不理解父亲的心情。那个年轻的刑警，好像叫若原，被杀了，确实很可怜。

但亚季子觉得父亲的腰和膝盖已经疼得连行走都困难，还要去承担那种责任吗？实在过分。

凶手是金山广造。

亚季子在车里越等越心焦，干脆下车。

想找个地方喝杯茶……

"屉井小姐？"有人叫她，"你是屉井先生的女儿吧？"

亚季子回头一看，是个看起来很和善、溜肩膀的青年。

"片山先生？"

"是亚季子吧？"

"嗯。"

"你还是中学生的时候，我们见过一面，"片山说，"你爸爸说要等告别式结束才出来，让我告诉你一声。"

"料到了。"亚季子点点头，"我记得您，片山先生。"

"是吗？"

"我以前就觉得您和常来我家的其他刑警不同，所以一直都记得。"

"因为我看起来不靠谱吗？"

"多少有点儿。"亚季子笑。

"你上大学了？"

"大三。今天送我爸过来，但一直等着，有点儿……"

"还要一个多小时呢。屉井前辈就是责任心太重了。"

"所以家里人也跟着受罪。"亚季子的神情有些冷淡，"本来都等着他光荣退休，他却说什么要主动交辞职信。我和妈妈拼了命地劝他。"

"这样啊……"

"我去对面的咖啡店坐会儿,从那儿可以看到我爸出来。"

"你也可以进去等他。"

"但我今天穿的这身……"亚季子穿着蓝色套头衫和牛仔裤,"如果……我爸突然身体不适,请打手机给我……"

"好。"

亚季子给片山打了个电话,彼此存下号码:"拜托了。"说完欠身离开。

进入殡仪馆的车辆和来客渐渐多了起来。其中的媒体显得很惹眼。片山望着与人流逆行的屉井亚季子的背影,喃喃自语:"好长啊……"

他感叹的是人家牛仔裤里的双腿十分修长。

亚季子走进咖啡店,正好隔着马路看到殡仪馆入口。

店里有不少穿一身黑的男男女女,似乎都是去殡仪馆之前或之后在这里打发时间的。

亚季子走上二楼,找了张看得见殡仪馆正面的靠窗桌子。

"奶茶,谢谢。"点好单,她又自言自语:"片山先生还是老样子……"她经常听父亲提到片山义太郎,还有他养的那只猫——福尔摩斯。

对当年还是中学生的亚季子而言，那时的片山是个大人。在片山看来，当年的她还是个孩子吧。

但是如今，亚季子二十一岁，不再是孩子了。

亚季子是屋井俊文和妻子贵子的独生女。她出生时，父亲快四十岁了。屋井的妻子比他小七岁，虽然才五十二岁，但因为要配合作息不规律的丈夫的节奏，所以看起来和屋井一样苍老。

目睹了母亲的长期付出，亚季子中学毕业时曾发誓："以后绝对不和刑警结婚！"

但如果是片山这样的刑警……

当然，也许对片山而言，如今的亚季子依然是个孩子。

大学还有一年才毕业。父亲马上要退休，但看那身体估计没法再就业了。亚季子必须自己赚学费。

"不好意思……"

亚季子没想到有人会来搭讪，没有理睬。

男人又叫一声："请问……"

"啊，什么事？"亚季子抬起头。

是个中年男人，穿一身黑，看样子也是去参加葬礼的。

"我可以坐这里吗？"男人问。

"呃……"

为何偏偏要坐这里？明明店里还有很多空位。

"我和朋友约了在殡仪馆门口见面，"男人说，"我到得太早，又不想在外面吹冷风，想找个能看到正门的座位。"

"哦，原来如此。"亚季子觉得这个理由讲得通。

"当然，如果您不愿意，我可以去别的地方……"

"不会。请吧。"亚季子说着抬手示意对方坐下，"我也是为了看见正门。"

"真巧。谢谢了，"男人坐到亚季子对面，对服务员说，"咖啡，谢谢。"然后加了句，"结账的时候一起。"

"啊？"

"是我让您为难了，所以至少让我请你一杯茶吧。"

"这……"

"您别放在心上，一杯茶而已。"

"那谢谢了。"

男人看起来四十五岁左右，戴眼镜，普通中年上班族模样。服务生送来咖啡，男人先喝了一口，皱眉说："好苦！"

亚季子见状，"噗嗤"笑了："抱歉……有这么苦吗？"

"好苦啊，感觉是故意不让人在这儿久留嘛。"男人苦笑，"但这儿的服务生也够辛苦的。"

"为什么？"

"来这儿的八成客人都是从对面殡仪馆出来的，身上都残留着烧香的味道。店里都是这味道。"

"是啊。"

"服务生的制服上肯定也沾满了这种味道。"

"啊……您听谁说的？"

"我因为工作关系，每个月都要去那间殡仪馆参加一两场葬礼，所以常来这家店。"

"所以那烧香的味道……"

"是啊，我自己虽然是不抽烟的，但整天出入烟雾缭绕之地。"男人笑着说。

这个人真有趣。亚季子由衷地露出微笑。

亚季子猜测他是公司里做销售的那种，很会和人聊天。

突然，亚季子的手机响了，她吓了一跳，担心是父亲出了什么状况。

"抱歉。"她打了声招呼，拿出手机。

哦。一看来电显示，她松了一口气。

"喂？"

"亚季子，怎么回事？"

"你收到短信了？"

"嗯，但你只发了句'今天去不了'，是身体不舒服？"

"不是。对不起，我有急事，没时间解释。"

"家里有事？"

"不是，是我爸去参加葬礼，我要开车送他。"

"葬礼？"

打电话来的是亚季子在S大学的同学兼男朋友茂原努。

两人原本约了今天去看电影。

"上次跟你提过，被杀的年轻刑警。"

"哦，你说过你父亲好像……"

"不是我爸的错，是他自己的责任感太强，一定要来。实在劝阻不了。"

"那你现在在干吗？"

"在等他出来。"

"那今天没时间去看电影了啊。"

"嗯……不知道他什么时候出来。而且他身体不好，我怕他万一在里面……"

"好吧。那我一个人去。"

"抱歉！如果他出来得早，我就给你打电话。"亚季子心想：估计没可能了。

亚季子挂断电话，把手机放回兜里。

她偷偷瞥了对面的男人一眼。

对方肯定听到她说了什么。"被杀""刑警"之类的字眼不可能不引人注意。

但男人似乎聋了，默默地喝着咖啡，看着窗外。

亚季子心中感叹：这就是成年人啊。

即便听到了什么，也会考虑到对方的处境，装作没听见。但能做到如此恰到好处的成年人其实并不多。

亚季子发现自己的杯子见底时，刚好服务生从旁经过。

"你好，续杯。"

服务员拿起桌上的点单票，他应该是想起了刚才那个男人说要一起结账。

糟了！怎么能又加一杯？给人感觉好像"反正有人请客，不喝白不喝"。

亚季子打探似的看了看男人。他依然如故，甚至仿佛忘了自己坐在亚季子对面，视线下垂，呆呆地看着自己的手。

吊唁仪式上，家属正在致辞。

安静的会场中，谁的手机突然响了。

但只响了短短两声就断了。好多人都扭着头左顾右盼地寻找"嫌疑人"。

也不知是谁叹了口气。没人知道刚才到底是谁的手机响了。有几个人刻意从兜里拿出手机，好像在表明"不是我"。

片山看了看一旁的屉井。

聆听对过世后辈的吊唁辞时，屉井一直紧闭双眼。

片山想起刚才见过的亚季子。难道是那姑娘打来的？

片山轻轻拍了拍屉井，屉井睁开眼睛。

"屉井前辈，不是您的吗？"片山小声问道。

"啊？"屉井一脸莫名其妙。

"刚才听到手机响，好像是从您的兜里传出来的。"

屉井听了片山的话，摇摇头说："我没带手机。"

"这样啊……"

屉井再次闭上眼睛。

"不对，今天带了，因为我老婆和女儿都担心我……"他左手拄着拐杖，右手伸进上衣兜找手机，好不容易摸到手机掏出来一看，"这是什么啊……是短信？"

"也许是您女儿发来的。"

"啊……是啊。"

屉井拿着手机怔怔地看了好久。

"您怎么了？"片山问。

屉井赶紧关上手机。

"没什么，"他微微摇头，"应该关机的。"

"是啊。"

屉井关掉手机放回兜里，心中暗暗祈祷——片山应该没发现吧？这一刻，他的手在发抖。

他偷偷瞥了一眼边上的片山。

幸好片山没发现。

怎么办？

我到底干了什么糊涂事啊。

短信的内容清晰地浮现在眼前。

屉井先生：

您正在那位年轻刑警的葬礼上吧？

参加被自己杀掉的人的葬礼，感觉如何？我可没有这种体验。

您没忘记吧？那叶我们约好，这事儿就当作是我干的，但您得帮我逃走。您还记得吧？

不废话，我现在需要钱，先来五十万。

明天之前准备好。交易方式另行通知。

您听好了。您可别忘了，就算杀了我，您干的那事儿我也写在信里留作了证据，随时可以寄出。

　　我们互帮互助，就是你好我好。对了，该称呼您刑警还是杀人犯呢？

　　再联系吧。

不知何时，吊唁致辞结束了。

亚季子微微一笑。

　　"怎么了？"对面的男人抬起脸。

　　"没什么，您刚才的表情好严肃。"

　　"啊，因为还没习惯，"男人笑着把手机放回兜里，"发一条短信居然花了这么长时间。"

3 弹头

"屉井前辈，"片山扶着屉井走出告别式会场，"在外面等出殡太冷了，您还是回去吧。我去叫亚季子过来？"

"不……"挂着拐杖的屉井摇摇头，"我一定要送他到最后时刻。如果可以，我甚至想送他到火葬场。"

"您可不能逞强。您还好吧？"

屉井每下一级台阶似乎都很痛苦，却还是继续迈着步："我在场，只会给你们添麻烦吧？那我还是回去好了。"

"您回去吧。"

"手机……我打给我女儿。"

"我有她的号码。"片山拿出自己的手机打给亚季子。

亚季了立刻接听。听片山说完，她说："好，我马上过去。"

把手机放回兜里，亚季子对男人说："我爸出来了，我要走了。谢谢您的款待。"

"一杯茶而已，谢什么，"男人笑着说，"快去吧，别让您父亲等太久了。"

"谢谢。"亚季子站起身。

"如果……"

"什么？"

"如果您不嫌弃我一把年纪，愿意和我聊聊天，下次请让我像样地款待您一顿？"

亚季子稍稍犹豫了一下，点点头："我非常乐意。"

"太好了，能告诉我您的联系方式吗？"

"嗯。"亚季子从记事本上撕下一页，"这是我的邮箱地址。"

"谢谢。再见。"

"再见。"

亚季子点头致谢后快步离开。

我这是怎么了？

走出咖啡馆，亚季子为自己刚才的言行感到吃惊。

把自己的邮箱地址告诉一个刚认识的男人，还答应和他一起吃饭……这种事对她而言是有生以来头一遭！

而且对方怎么看都有四十五岁了。她从没和比自己大这么多的男人交往过。

茂原努如果知道了肯定会生气。

"啊……"亚季子不由得叫了一声，"我连他的名字都没问……"自己到底怎么了？

亚季子看到片山和父亲一起走出来。

"片山先生，谢谢您。"

"把你爸爸交给你了哦。"

"好。在这儿稍等一下，我去取车。"

"嗯……去吧，"屉井拄着拐杖对片山说，"片山，你快回去吧，我一个人等着，没事的。"

片山的手机铃刚好响起。

"那我先走了。"片山说着离开屉井，"喂……啊，辛苦了！……明白！我现在就过去。"

片山看到了石津，朝他挥挥手。

和石津在一起的，还有抱着福尔摩斯的晴美。

"他们说找到弹头了！"片山说，"我现在去现场。"

"片山先生，"中泽江里也走过来，"今天谢谢您妹妹。"

"别客气。"

"刚才听见您说，"中泽江里说，"您现在是要去若原殉职的现场？"

"嗯。"

"也带我去吧。"

"但是……"

"我想去看看他过世的地方。"

"您的心情，我可以理解……"

"求您了，我不会给您添麻烦的。"江里情真意切。

片山看了晴美一眼，晴美微微点头。

"好吧。那……石津，你去开车。"

"好嘞，马上！"石津跑着去取车。

这时，屄井刚好坐亚季子的车子离开殡仪馆。

"您刚才说找到弹头了？"江里问片山。

"嗯，子弹打穿了若原的身体，一直没找到弹头……我们在附近找了很久。"

"是吗？"江里默默地点点头。

石津把车开来，片山坐上副驾驶座，晴美、福尔摩斯和江里坐在后排。

车子开动时，若原的棺车刚好驶出了殡仪馆。

江里闭上双眼，双手合十，似在祷告。

"这里好荒凉。"江里停下脚步。

"附近已无人居住。"片山说。

"片山前辈！"一位年轻刑警朝他们挥手喊道，"这里！"

"哪里？"片山迈开大步走过去，"是在这里找到的？

奇怪了……"

"是啊。因为正好嵌在墙板的接缝里，所以之前没找到。"

证物袋里装着前端已变形的弹头。

"具体是在哪儿？"

片山顺着年轻刑警所指的方向看去。

"这儿？方向不对啊。"

"是啊……"

"总之，先带回去交给鉴证科。"

"遵命。"

众人正要离开。

"等一下。"中泽江里走过来，"是这颗子弹？"

"嗯。"

"是这颗子弹杀死了若原？"

"还不好说。"片山说，"据屉井前辈的说法，当时金山正准备朝他开枪，若原冲过来挡了枪……"片山对拿着弹头的刑警叫道，"那可能是若原枪里的子弹，好好查一下。"

片山双手抱臂，回忆当晚的情形。

"欢迎光临。"

听到自动门的开门声，田村凉子条件反射似的脱口而出。

拄着拐杖缓缓走进来的是厩井俊文。

"是厩井先生啊。"田村凉子赶紧从柜台里面出来跑向厩井，"您没事吧？"

"嗯……谢谢。"

厩井来到靠里面的位子坐下。

"您身体怎么样？上次在超市里遇到您太太……"

"贵子？是嘛，她没告诉我，"厩井叹了口气，"今天只有你一个人？"

"池上先生去旅行了，"凉子说，"咖啡，对吗？"

穿着围裙的凉子回到柜台里开始制作咖啡。

厩井常来这家名叫"B"的咖啡馆。老板池上是个单身汉，继承了父母的遗产，日子过得悠哉游哉。这家咖啡馆是他开着玩的，赚不赚钱无所谓。在这里工作的田村凉子才来了三年。厩井和这家店的交情比她的资历更久。

"您请。"凉子把咖啡端到厩井面前。

"谢谢。"

凉子回到柜台里，犹豫了一下，还是开口说："听说前阵子发生了很多事。"

"都怪我自己，没办法。"

"但您的身体……您可不能太自责啊。"

"谢谢，你真是个好人。"

"哪有……"凉子有些脸红。

"你也一起坐会儿吧。"

店里没有别的客人。

凉子摘下围裙，坐到屉井对面。

"关子还好吗？"

"嗯，最近学校的俱乐部有活动，她每天很晚回家。"

"是嘛。那你也挺寂寞的。"

"现在不用我叫，她自己就会起床出门。孩子长大了。"

田村凉子今年三十八岁，女儿十三岁，上初一。

凉子的丈夫三年前在附近遇害，是屉井抓到了凶手。凶手根本不认识田村一家，只因被恋人甩了，自暴自弃，临时起意，杀了在路上偶遇的田村。

凉子靠保险金和在这家咖啡馆的薪水，与女儿相依为命。

介绍她来这家咖啡馆工作的是屉井。

"但凡我能有点儿本事……"凉子总是这么说。

"没事的，"屉井说，"你女儿的很多事都是要花钱的。"

"凑合着过呗。"凉子笑着说。

"这儿的工钱很少吧？"

"能雇我，已经很感谢了。我没什么本事。"

"别这么说……"

"我如果长得漂亮，就可以去酒吧做台了。"凉子笑。

"你很漂亮。"

"哪有，只有您会这么说。"

凉子并非不漂亮，只是总给人寂寞、忧愁的感觉，不怎么惹眼。她丈夫在世的时候，她已经是这样了。

"谢谢你。"

屉井把手叠放在桌上凉子的手上。

"屉井先生……"

凉子的手并没有挪开。

屉井只是把手放在她手上，仅此而已。

没有主动去握，也没有用力按。

"今天是那小伙子的葬礼。"屉井说。

凉子立刻明白屉井说的是谁："您很难受吧？"

"啊，他的母亲……一滴眼泪都没流，也没怪我。这反而让我更难受。"

"我明白您的心情。"

"我应该辞职的。"屉井说，"当然应该主动辞职！"

"屉井先生……"

"但我老婆和女儿都反对。如果我在退休前主动辞职，退休金就会少很多。"

"您太太那么做也很正常，她并非不理解您。"

"是嘛。"

"是啊，您太太和女儿比任何人都理解您。"

"她们怎么会理解？就因为是夫妻、是父女？没用的。相比之下，也许你更懂得我。"

"您可不能这么说。"

"嗯……这会让你为难，是吧？"屉井微微点头，"我有件事想拜托你。"

"只要是我能做到的。"

"能借我点儿钱吗？"

凉子很意外。

"钱？"

"我得在明天之前弄到五十万。我知道这样求你……"

"没事，不是什么大额的钱。我还有丈夫的保险金，当然愿意帮您的忙。"

"对不起，我一定尽早还你。"

"明天早上银行一开门我就去取。"

"谢谢。"

屉井道谢后又叮嘱道："这笔钱不能让我老婆和女儿知

道。如果时间宽裕，我本可以自己想办法，但实在要得太急。"

凉子微笑："莫非是因为女人？犀井先生，看不出来嘛。"

"唉，不是的，不可能，就凭我这身体？"犀井苦笑。

"您别担心，我会保密的。"

"拜托了。"

"明天早上我取了钱立刻给您！"

"嗯……你几点来店里？"

"十一点。"

"在那之前找个地方给我，行吗？"

"当然，"凉子爽快地答应，"您可以出门？"

"今天不是出来了嘛。"

"是哦。"凉子笑着说。

但是……这笔不得不瞒着犀井妻子的费用到底是用来干吗的？凉子内心燃起小小的妒火。

犀井的妻子贵子，凉子是认识的。如果对手是她，她就放弃了；但如果是别的女人……

"那请问您几点钟方便？去哪里给您比较合适？"凉子故意问得很客气。

4　释放

"笃笃笃……"片山一抬头，见拄着拐杖的屉井走过来。

"屉井前辈，您没事吧？"片山说，"别逞强，其实您不必特地过来……"

"我还没退休呢，"屉井摇摇头说，"来搜查一科不是很正常嘛。"

"话虽如此……您的身体怎么样了？"

"总待在家里只会焦躁不安，反而对身体不好。"屉井坐到空椅子上，"怎么样？找到金山的藏匿点了？"

"扑了个空，"片山说，"但我觉得他跑不远。金山是土生土长的东京人，从没在别的地方生活过，去外地应该没有人照应他……"

"但东京也很大。"屉井点点头。

夜晚的搜查一科，片山和屉井旁边没别人。

"那么，"屉井说，"你在电话里说有话问我，什么事？"

"我只是想以防万一，"片山说着，出示装有弹头的证物袋，"我们在现场找到了弹头。"

"弹头？金山那家伙的？"

"不是，我们查过了，是死去的若原枪里的子弹。"

"是嘛。"

"若原确实开过一枪，找到弹头本不足为奇，但是……"

"但是什么？"

"呃……您当时坐在路边的纸箱上，对吗？"

"是。"

"您看到原本以为是墙的地方突然有扇门开了，金山走出来。您本想拔枪，却倒在了地上？"

"嗯。"

"金山用枪对准了您。这时，若原突然冲过来，挡在您和金山之间？"

"没错。"

"如果是金山开了枪，我们却没找到那颗打穿若原身体的子弹；如果是若原开了枪，子弹应该飞去与您所在位置相反的地方，可这颗子弹是在您所在位置的后方找到的。"

"我后方？"

"是的，而且因为子弹上没有血迹，所以马上能判断出这不是杀死若原的那颗。所以我想问的是，那时候，若原是怎么开枪的？"

屉井皱起眉头："让我想一下……当时天太黑了，一切发生在一瞬间。而且若原中枪后，我也慌了神。"

"我明白，这很正常。"

"嗯。若原当时确实冲到了我和金山之间，举枪对着金山。换言之，他当时背对着我。"

"然后呢？"

"是金山先开了枪，被打中的若原转身正对着我。然后……不小心扣动了扳机。"

"所以那颗子弹打到了您背后的墙上。这下清楚了。"片山说，"但我们还是没有找到金山打出的子弹，明明已经搜寻得很仔细了……"

"有时子弹射入身体会撞到骨头，不知飞去哪里。"

"是啊，这次也一定是……"片山说。

"总之得快点儿抓到金山。"

"是啊。"片山叹着气。

这时，他们听到有人干咳了几声。

"呃……打扰一下。"一个年轻人诚惶诚恐地说。

"这不是阿哲吗？"屉井的眼神顿时变得严苛，"你小子被放出来了？"

"托您的福。"

　　阿哲穿着褪色的棒球服，一副穷酸样儿。虽然年轻很轻，却显得很沧桑。

　　"他之前确实曾帮助金山逃跑，但也曾协助我们搜查，所以科长说……"片山解释道。

　　"都怪你小子画的不靠谱的地图，让金山跑了！"屉井一脸不悦。

　　神户哲今年二十八岁，曾是金山的小弟，跟过金山一段时间。"对不起，"神户哲无精打采地说，"我本来就是路盲，记性也差。"

　　"一无是处。"屉井冷冷地说。

　　"我知道，"神户哲老实巴交地挠挠头，"我是来谢谢你们放了我。"

　　"说不定金山还会联系你的，"片山说，"到时候一定要通知我们。"

　　"我明白。"

　　屉井耸耸肩说："你下次再提供乱七八糟的消息……"接着狠狠地撂下一句："一定把你当作共犯抓起来！"又对片山说："我走了。"

　　"您多保重。案子一旦有什么进展，我会联系您。"

　　"嗯，拜托了。"屉井走了几步，又回头说："我女儿亚季子让我向你问好。"

"谢谢。她已经是个大姑娘了。"

"可有主意了，不好管了。"屈井苦笑着说完，拄着拐杖转身离开。

神户哲松了一口气。

"他好像很讨厌我。"

"因为若原遇害，他觉得自己责任重大，"片山缓缓开口，"我明白路盲的苦恼。"

"啊？"神户哲垂下视线，"那个叫若原的警官……感觉人很好，以前还主动向我打招呼呢……"

"他运气不好。"片山说，"如果金山再找你，一定要通知我，虽然你可能会觉得道义上过不去。"

以神户哲的立场，把大哥金山的消息告诉警察，无疑是一种出卖。片山觉得神户哲很不容易。

"不会，我不想再当杀人犯的帮凶了，"神户哲说，"我先走了……"

"你有手机吧？"

"嗯，还没充电……"

"万一有什么情况，即使是半夜，也要打给我。"

"好。"

"今晚住哪里？"

"随便找个朋友家里蹭一晚。"神户哲父母双亡，无亲无故。

"去找家平价的酒店。"片山掏出钱包，取出一万日元塞到神户哲手里。

"但是……"

"你如果想找份正经工作，明天可以联系我。记住了？"

"谢谢您！"神户哲把万元钞票折小了塞进兜里，"您妹妹万一骂您怎么办？"

"你有精力就想点儿有用的东西吧！"

"哦……那我走了。"

神户哲对片山鞠躬多次，才走出搜查一科。

手机铃响了。

"抱歉，我接个电话。"金山离开座位朝餐厅门口走去。

"喂，屉井？"

"嗯。"

"什么事？我正和朋友吃饭。"

"没事我也不想打给你。"屉井说，"你之前说，如果阿哲被放出来，让我告诉你。"

"他出来了？"

"就在刚才，"屉井不耐烦地说，"行了吗？我挂了。"

"等一下。"金山说。

"还有什么事？"

"有件事拜托你。"

"什么？"

"帮我把阿哲叫出来。"

屉井沉默片刻："金山，你听好了。阿哲还年轻。我知道你生他的气，但你能不能放过他？"

"嘿……"

"你杀了他能有什么好处？"

"你误会了，"金山苦笑道，"我是怕如果我去找他，他不敢出来见我，所以希望你去把他叫出来。"

"叫他出来干吗？"

"他是挺没用的，但我想当面告诉他，我没生他的气。"

"这种话，电话里告诉他就行了。"

"还有，关于他以后的事……你相信我，我好歹做过他大哥，想和他好好道别。"

屉井又沉默了好一会儿。

金山看看周围："你觉得你现在有资格拒绝我的要求

吗？记住你答应过我什么！就这么说定了。"

"具体要我怎么做？"

"算你识相，"金山邪气地一笑，"明天夜里十二点，让他去K公园的池塘前。"

"K公园，是吧？"

"池塘前。记住了？"金山又叮嘱一遍。

"知道了。"屉井的声音轻得连自己都几乎听不见了。

挂断电话，金山笑着把手机放回兜里，回到餐厅。

"抱歉，久等了。"金山回到座位上。

"有工作？"屉井亚季子说，"您好忙。"

"有了手机就是麻烦。"

"别人随时随地都可以打来。"

"没有这东西的时候，只要走出公司，第二天回公司之前都可以把工作忘得干干净净……啊，对了，干脆关机。"金山说着拿出手机关闭电源。

亚季子莞尔一笑。

"怎么了？"

"没什么，我也正想关机。"

"不要紧吗？也许男朋友会打来哦。"

"没事。我没有那种特别的对象，"亚季子说，"这儿的牛排真好吃。加濑先生，您快吃吧，不然肉要凉了。"说着拿起刀叉。

"哦。"

加濑和也。亚季子深信这位共同用餐的大叔叫这个名字。

也许还因为她红酒喝上了头，正微醺。

其实刚才加濑出去讲电话的时候，亚季子的手机收到了茂原努发来的消息。

以前的亚季子总会立刻回复，但今天她决定关机不管。

"我吃不下。"加濑叹了口气，"分你半块牛排好不好？"

"你要剩下？太浪费了！我来吃！"亚季子从加濑的盘子里取走剩下的牛排。"别人看我们，会不会觉得是父女？"她边吃边问。

"是啊。"

"但我爸比你老很多。加濑先生，您看着很年轻。"

"年轻？哪有！"加濑苦笑，"怎么看都不会觉得我们是恋人。"

"是吗？不过我喜欢比我年纪大的。"

我在说什么啊！说这话的亚季子把自己吓了一跳。

居然说什么喜欢比自己年纪大的……她何曾与比自己年纪大的男人交往过？

茂原努算是她的初恋，但是……

一定是红酒作祟。

我说的是醉话。

一定是这样。

亚季子担心加濑把自己的话当了真，万一接下去真的要对自己有不轨的心思。

"别这样，"加濑摇摇头，"还是找年龄相仿的比较好。年长的男人虽然有点儿钱，知道你所不知道的事，去过你没去过的地方，但这都没什么，你很快会腻烦的。"

"会吗？"亚季子嘴上这么说，心里却松了一口气。

没错，这个男人是绅士。

亚季子觉得加濑非常稳重，不刻意卖弄，还乐于倾听自己说话。她被这份成熟男人的气质彻底征服了。

和茂原努在一起也很快乐，但前提是，她每次都要配合茂原努的喜好，没法按自己的意志行事，很容易觉得没劲。

加濑不同，不会让她有这种顾虑。

"很晚了，"加濑看看手表，"我送你回家吧。"

亚季子觉得即使再多待三十分钟也没问题，但为了感谢加濑的贴心，决定听他的。

加濑为亚季子叫了出租车。

"我可以坐电车回家。"亚季子说。

"作为年长者，我不允许。"加濑笑。

路上很畅通，很快，出租车行至亚季子家附近。

"就是这里，"亚季子说，"前面的路太窄，我下车走过去，很快能到。"

"我陪你走一段，"加濑下车后吩咐司机，"您稍等一下。"又对亚季子说："我送你回家。"

"没关系。"

"让我送你。"加濑说着，搂住亚季子的肩膀，走向夜色中的小路。

"我回来了。"亚季子一进家门直奔二楼。

"亚季子，"母亲贵子探身叫住她，"茂原来过电话。"

"哦，知道了。"亚季子在楼梯上走到一半。

"他说打你的手机打不通，你今天不是和他出去的？"

"和别人。你别管了。我又没和他订婚。你不是也说过应该多接触些异性嘛！"

"话虽如此……我没说你不对……你怎么回事？跑回家的？喘得这么厉害？"

"不是，我没事。上楼了。"亚季子说完跑上二楼。

贵子有些担忧地望着女儿的背影。

"喂！"

听到丈夫的声音，她回到客厅。

"你再吃点儿吧。"

今天的晚饭有些迟，屉井刚刚放下碗筷。

"吃饱了。给我泡杯茶。"

"好。"

贵子换掉茶叶，重新沏了一壶。

"亚季子刚回来？"

"嗯。"

"你知道她在和谁交往吗？"

"她不是小孩了。管太多，她反而想瞒着我们。"贵子说着端出茶水。

"还是得小心，女孩容易吃亏。"屉井喝下一口热茶。

"你明天也要出门？"

"嗯，上午去见个人，十点左右出去。"

"外面天冷，当心你的腰。"

"没事。"屉井边说边翻开了晚报。

亚季子回到自己的房间，没换居家服，直接躺到了床上。

心跳得还是很快。她担心母亲看出端倪。

"没事……对，什么事都没……"

不过是一个吻……

但实在太过突然，才被吻得心慌意乱。

刚才送她到家门口的加濑说"晚安"时语气很平静。

"谢谢您的款待！"亚季子道谢，"那我进去了。"说着转向大门。她本来期待加濑会说"下次再见"。但又觉得自己在他面前像个小孩，他一定觉得很没意思。

"亚季子！"

听到加濑叫她，亚季子回头，紧接着，下一秒，加濑突然激动地抱住她，夺走了她的双唇。

她和茂原接过吻，但加濑的吻充满了自信，让人如痴如醉。亚季子被吻得浑身燥热、头晕目眩。

加濑缓缓松开手。

"对不起，"他深深地叹了一口气，"我没能忍住。想到以后也许不再见面……"

"别这么说，会再见的！我想见你！"

"你……不介意我已经是个中年人了？"

"加濑！我喜欢你！"

亚季子主动送上双唇。

"那我们再约。"

"什么时候？"

"这周末如何？"

"好啊。"

"我打电话给你。"

"我等你，但是……"

"怎么了？"

"我可以给你打电话吗？你太太不会怀疑吗？"

加濑的手贴抚着亚季子的脸："还是我打给你比较好。"

"好。"

"再见。"

加濑又轻轻吻了亚季子一下，转身朝出租车走去。亚季子目送他离去。

"这周末……"

仰面躺在床上，亚季子喃喃自语。

如果再次见面……她很清楚，不可能只是接吻了。

亚季子下定决心。

打开手机电源，看到了茂原努发来的消息。

"对不起……"亚季子看都没看，直接删掉消息。

她对茂原毫无歉意。恋爱这种事，不就是这样嘛。

亚季子心里想的都是加濑。

5 秘密

银行里人满为患。

中泽江里从自动门走进去，皱了皱眉。

得等多久啊？

像江里这样穿工作服来的白领女性很惹眼。

见又有新顾客进来，江里赶紧取了号。有时差一两个人，就要多等十到十五分钟。

江里看看手里的号码纸，又看看显示屏上叫到的数字。

"哎……"不由得叹口气。

她前面有十五个人，不知要等多久。

但也没办法，来这里汇款是她的工作，不能因为人多就改天再来。

她想找个凳子坐下，却发现不少客人都是站着等的。

恰好，坐在她身旁长凳最边上的一个男人被叫到号站起来了，江里赶紧坐过去。

总好过站着等。

刚坐下，她就意识到没法去拿杂志打发时间了，毕竟如果现在起身去杂志架，座位肯定会被人占了。

也不能放私人物品来占座，万一被顺手牵羊就倒霉了。

无可奈何，江里只能无聊地看银行里人来人往。

大部分人等候的时候都靠玩手机打发时间。

江里虽然有手机，却不常用，邮箱地址只告诉过几个特别亲近的人，平时也没什么人发邮件给她。

实在闲得发慌，江里从兜里掏出手机。

"咦？"居然有条消息，是谁？

怎么会！

江里瞬间脸色煞白，居然是若原发来的。

死人怎么会发消息？

看完正文，江里才舒了一口气。

  江里小姐，你好。我是若原洋子。他们把我儿子的手机还回来了，所以我给您发这条消息。昨天谢谢你待到最后。我儿子在天有灵，一定会很高兴。

  你本来都快成为我的半个女儿了。有什么事，别客气，尽管来找我。就算没事也可以常来，给那孩子上上香，我会很欣慰。

  有空聊聊天。

若原洋子

是若原等的母亲发来的。

江里有些困惑，但又不能假装没收到。

她决定客套地回一下。

坐在她边上的老太太似乎已七十岁了，被叫到号之后缓缓地站起身。

走到柜台前，老太太的号码被重复喊了好几遍，但她本人似乎一点儿都不着急，那淡定的模样看得江里好想笑。

老太太起来的时候没拿东西。

她的超市购物袋还放在凳子上。

江里担心老太太的东西会被人拿走，但又不想管闲事。

江里开始写回复给若原洋子的消息。

    若原洋子女士，您好。

    谢谢您的短信。我和若原等先生交往的时候，他真的对我很好，很体贴。对此我深表感谢。

    我也需要一点儿时间从这次的打击中恢复过来。

    请您好好保重身体。

    因为还在上班，所以先写到这里。

发完消息，她把手机放回兜里。

刚才那位老太太慢悠悠地走回来，手里拿着纸袋。江里以为里面是银行免费赠送的纸巾或保鲜袋之类的。

老太太弯下腰，把纸袋塞到超市的大袋子里，再次坐下。

老太太似乎还有别的事要办，半睡半醒地坐在那里，一头白发有些凌乱，衣着也很不讲究，看样子平时不太出门。

江里前面还有七个人。

过了一会儿，边上的老太太又站起来，慢悠悠地走向另一个窗口。

快到下午三点银行关门的时间了，仍有顾客不断走进来。江里估计叫到自己的时候，卷帘门要拉下了。

"我可以坐在这里吗？"一个年纪轻轻、看起来最多二十四五岁的男人站在江里面前。

他以为那包东西是江里的。

"这不是我的。"江里回答说，"是那位老太太的。她去了那边的柜台。"

"什么嘛！"年轻男子突然暴怒，骂骂咧咧地转身走开。

江里嘟哝道："你才是什么嘛！"

眼看超市的袋子快要歪倒，江里赶紧扶正，还把后来放进去的纸袋调整了一下。

她下意识地看向敞开的纸袋口。

里面装的并不是纸巾或保鲜袋，而是面值百万的大额钞票，至少有四沓。

江里大吃一惊，下意识地抱住超市袋子。

她估算纸袋里全是大钞，足足有五六百万。

居然就这么放下巨款走开了！那位老太太到底在想什么！

银行方面也真是的，居然把这么多现金交给一位老人，也没人看着点儿。

江里环顾四周。

没人注意她。

那位老太太坐在最靠里的柜台前椅子上，正和穿西装的银行工作人员说话。

对！没人看见。

如果自己悄悄地提着袋子走出去，一定不会有人发现。

取了号却因为等不及而提前走掉的客人本就不少。

五六百万！

现在，就现在，很简单。

"欢迎光临！"

这么多的人进进出出的，而且这种超市袋子随处可见，一点儿都不惹眼。

如果有了这么多钱，一下子白捡五百万……

如果没人发现……如果没人知道……就不会有事。

没错，这个袋子是有人掉在这里的，我只是偶然捡到。

是个人都会这么做。没错，任何人都会这么做……

很简单。站起来，拿起袋子，走出去就行。

以后的日子就能轻松了……

"啊！"会轻松的，一定会轻松的……

"昨天谢谢你。"

眼前突然出现一个人。

"嗯？"她抬头一看，一个高个子男人害羞地冲她笑。

"一开始没认出来，因为您穿着工作制服。"

"啊，片山先生。"

"您是因为工作而来的？"

"嗯，公司事务。您呢？"

"我有笔钱要汇，之前一直没时间来银行。"

江里感到自己的脸在发烫。

如果刚才自己拿着那袋钱走出去……

也许已经被这个片山刑警抓了现行。

老太太办完事，慢慢地朝座位走来。

"这个袋子差点儿倒了，我给您扶好的。"江里说着把袋子递给对方。

"啊，谢谢你。"老太太笑容可掬地说完，离开银行。

看她那模样，没有人会想到她手里提着数百万现金。

"您坐吗？"江里朝长凳里面挪了挪。

"啊，不了。"片山看着自己手里的号码纸，"估计要等很久，我下次再来。"

"您等一下。"

江里听到自己的号被提前叫到，似乎前面有人弃号走了。

"轮到我了，我帮您一起汇掉吧？"

"啊？但是……"

"我本来就要汇五六笔，多一个没差别。"

"谢谢，那拜托你了。"

"您在这儿等一会儿。"

江里快速走向柜台。

就在刚才，她差点儿偷了那袋现金。现在，她感到异常地神清气爽。

"上班时间稍微溜出来一会儿，挺开心。"江里说着，自己都乐了，"哦，对不起，刑警不像我这么闲吧？"

江里和片山从银行出来，走进一家咖啡馆。

"刑警也是普通人。案子再大，也要喘口气。"片山喝了口咖啡，"你工作的时候经常需要出来？"

"每天一两次，但最多跑跑银行或邮局。"江里说着，闻了闻奶茶的香气，"您还在追捕那个叫金山的男人？"

"嗯，到现在还没……"

"那位腿脚不方便的老先生……"

"屉井前辈？他的责任心特别重。即使为了你，我们也要尽早抓住凶手。"

"我？"江里说着，拿出手机，"刚才若原的母亲给我发来短信。"

片山看了看，说："也难怪，他母亲肯定很寂寞。"把手机还给江里。

"是啊，我也……"江里有些犹豫，"我的事，您都知道了吧？我本来是打算和若原分手的。"

"听说了。"

"我当然可以瞒着不说，若无其事地去见他母亲，但那样反而会让我心中有愧。"江里说，"而且……这么说，也许有些奇怪。"

"什么？"

"我当然恨那个叫金山的凶手，但怎么说呢……金山在若原之前已经杀了三个人吧？"

"是啊，想想都觉得残忍。"片山点点头。

"我很好奇他是如何杀人不眨眼的。"

"哦？"

"对那种病态的杀人犯，恨解决不了问题。我想知道那样的凶犯到底为什么会杀人。"

"我懂你的意思。"片山说，"但我以前还真没想过。"

"片山先生……"

"我无论如何都要把金山找出来，一定不能让他跑掉。"

"是啊，毕竟有个刑警被杀了。"

"嗯……"片山犹豫了一下，"但不能一直想着自己的弟兄被杀了，这种想法很危险。"

"危险？"

"因为会想复仇。若原那么年轻，有美好的未来等着他，却这么被杀了，想想都令人愤怒。不过金山目前只是嫌疑人。我们必须抓住他，让他接受审判，不能杀了他。"

江里点点头："听了您的话，我松了口气。我也不知道自己是怎么了，很担心。我怎会想去了解那种人的想法？"

"不，我们必须知道，也许知道了就能抓到他了。"

江里喝完奶茶。

"我得回公司了。"

"是哦，我也该走了。"

片山拿起点单票，江里点头致谢。

走出咖啡馆，忽觉风更冷了。

"再见……"

片山走出几步。

"片山先生！"江里叫住他，"谢谢您。"

片山不太明白："谢我什么？"

"没什么，只想说声谢谢。"

片山也露出了笑容。

江里说："片山先生，改天一起吃顿饭吧？"

"和我一起吃饭？很没劲的。"

"您认真的？您这个人真有趣。"

"如果你吃完饭再后悔，我会很过意不去。"

"没关系，我也很无趣的，绝不输给您。"

"好吧。"

"那您给我打电话，晚上也行。我随时都可以。"

"我会的。"

若原尸骨未寒。

江里当然明白，但她就是想和片山多聊聊。

和片山分开后，她站在路口等红绿灯，准备回公司。

北风呼啸，她竟然不觉得冷。

有人站在她边上。江里下意识地转脸看了对方一眼，表情瞬间僵住。

"你在这里干吗？"江里声音发抖。

"我不能站在这里吗？"穿旧大衣的男人粗鲁地说道，"那个男人是谁？"

"和你没关系！不要你管！"

信号灯转绿了。

江里跑着过了马路。

男人紧跟其后。

"我有话要和你说。"

"我要上班。"

"去你公司说也行。"

江里猛地回头："知道了，有话快说。"

"你怎么能对你爸爸用这种语气？"男人噘了噘满是胡碴的下巴，不怀好意地笑着说。

"跟我来。"江里走在前面。

男人小跑着追在后面："等一等！江里！喂！"

片山在马路对面看到江里满脸怒气地和一个男人疾步向前。那人是谁？看年纪也许是江里的父亲。

但为什么看起来这么邋遢，不像有正经工作？

片山因为发现自己给江里的手机号码是已经不再使用的旧号码，所以特地追来，想告诉她新号码。

江里看那个男人的眼神很不友善……事有蹊跷。

同时，片山觉得自己好像在哪里见过那个男人。

6　池塘

神户哲没怎么来公园约会过。

他不知道K公园在哪里，找了很久。公园里又大又昏暗。

"应该是这儿。"

虽然跟他说是池塘前，但他不确定哪里算是池塘。

"好冷啊，真是的。"忍不住抱怨了一句。

不知道叫自己来干吗。神户哲有些心情沉重。

那个叫片山的刑警是好人，不会随便朝人吼。

但那个叫屉井的……

神户哲觉得自己对那个叫若原的年轻刑警的死多少得负点儿责任，他没料到会害死人。他并不像屉井以为的那样，为了让金山逃走，故意画了张假地图。

他更没料到金山身上会再多背一条人命。

屉井刚才的那通电话，语气倒是很平和。

"抱歉，之前对你说了重话。"

说实话，神户哲听了简直起鸡皮疙瘩。

这么晚了，约我来干吗？还是在如此人烟稀少的地方。

神户哲看了看手表，十二点十五六分。他找到这个地方花了不少时间，所以来晚了，但屉井似乎还没到。

神户哲缩着脖子环顾四周。

暗处的长凳上似乎有人。

神户哲瞪大眼睛，砸着嘴。

这么冷的天，真行啊。

一对年轻男女正坐在长凳上拥吻。

省这个钱？要亲热干吗不去酒店！

神户哲不知道此刻还有一个人和他一样，眼神犀利地盯着这对男女。

三十分钟过去了。神户哲感到不安。难道是自己听错了？莫非不是"池塘前"？

他取出手机，但又犹豫了。

他没有问屉井要手机号，叫他来这里的那个电话是屉井用公用电话打的。他没法打电话给屉井催问。

稍作迟疑，神户哲决定打给片山，虽然已是半夜……

"喂？"一个女人接了电话。

"喂……我叫神户哲。"

"哦，我是片山晴美。"

"您是片山先生的妹妹吧？您好。"神户哲松了口气，

"请问您哥哥……"

"他在，但是在泡澡。您有急事？"

"没，那个……"神户哲不知该怎么解释自己现在的状况。

"我去叫他。"晴美说。

"不用了。我在K公园，说是叫我在池塘前等，但我不知该去哪里。"

"K公园？"

"还说十二点见，但直到现在还没看到人。"

"神户先生，冷静点儿，十二点K公园池塘前……谁叫你过去的？"

"哦，是今天的电话……"话没说完，神户哲看到刚才坐在长凳上上演爱情戏的两个人勾肩搭背地走开了。

有个人朝自己走来，但是天太黑，看不清脸……

"神户先生？喂？喂？"

"啊，对不起，我看到他了。那我拜了，抱歉，打扰了。"神户哲挂断电话，朝那个走到近前的人影走去，"是屉井先生吗？"他立刻意识到那个人影脚边没有拐杖，所以绝对不是屉井。

"让你久等了。"金山说。

神户哲吓得脸色发白，甚至没工夫去想为什么金山会在这里。此时此刻，金山已经在他眼前了。

这让他的面色惨白如纸。

"大哥……"

"恭喜你，这么快被放出来了。"

"哦……大哥，我什么都没……"

"干吗这么怕？我没有生气。"金山笑着拍了拍神户哲的肩膀。

泡完澡出来的片山听晴美讲了神户哲来电。

"怎么回事？"他歪着脑袋。

"我也觉得奇怪。"晴美说，"但他没有告诉我约他的人是谁。"

"喵——"福尔摩斯刚才还躺着，突然起身叫了一声。

"福尔摩斯也觉得有情况。"

"约他的人没去，为什么打电话到我家？"片山沉思片刻，"我给他打个电话。"说着拿起手机。

"没接？"

"嗯……电话应该是打通了的。"

片山又打了三次。

"他是说K公园，对吗？我现在过去一趟。"

"我也去。"晴美抓起大衣。福尔摩斯已经先一步来到门口，回头看着他们。

夜晚的街道空荡荡的，他们花了二十分钟就到了K公园。

把车停在公园正面，两人急匆匆地走进去。看了看公园内的指示图，晴美说："他说的池塘是这个吧。"

"走！"

冷风凛冽。

路灯很少，公园里非常昏暗。

"在这里右转。"

穿过一片小树林，他们来到一处开阔的空间。

"这里是公园的中心，池塘就在附近。"

"没看到神户哲。"

当然，可能是约他的人来了，然后两个人一起去了别处。

福尔摩斯抬头看着片山叫了一声。

"啊……我再打一次他的手机。"

片山用自己的手机打给神户哲。

"哥，好像哪里有手机响。"

"是啊。"

两人循声搜索。

"哥！在这里！"晴美说。

他们在池塘前方找到了神户哲的手机。

"我有不详的预感。"片山说。

"喵——"福尔摩斯叫了一声。

"福尔摩斯，危险！可不能掉进池塘啊，会感冒的。"

福尔摩斯站在池塘边上。

"福尔摩斯，快回来。"晴美走到近处，"哥！"她声音中透着紧张，"池塘里……"

片山赶紧跑过来。

光线微弱，片山一时没能看清。没过一会儿，池塘里的水渐渐变红、变浑浊，紧接着，浮出神户哲惨白的脸，呆滞地盯着片山。

"阿哲！晴美，你抱好福尔摩斯。"

片山脱去外套，跳入冰冷的池水。

片山不停地打喷嚏。

"哥，你会感冒的，"晴美说，"我们走吧。"

"嗯……但至少……事情的说明……"片山话没说完又是一个喷嚏。

为了捞起神户哲，他在大冬天跳进了冰冷的池塘。

片山是奔着救活神户哲的最后一丝可能跳下去的……结

果还是没用。

搜查队赶到了现场。

"片山前辈，你还好吧？"

石津也到了。

"还行，就是有点儿冷。"浑身湿透的片山虽然裹着毛毯，仍觉得冻到彻骨。

"石津，这样下去，我哥会得肺炎的。我想送他去最近的酒店，让他泡个热水澡。"

"好，我去跟他们说一声。"石津跑步离开。

"哥，我们走吧。"晴美又一次催促道。

从公园步行几分钟就有一家酒店，晴美打过电话订了房。

"好……走吧。"

说实话，寒冬深夜，即使身处热闹的城市，也会感觉快要冻僵。片山起身时双膝发抖，步履艰难。

"哥，你怎么了？"晴美询问突然停下脚步的片山。

片山看着横躺在池边、身上盖了布的神户哲，久久不愿离开。

"哥……"

"他还这么年轻，太可怜了。"片山喃喃道。

走到公园门口时，他们看到屈井从一辆出租车走下来。

"屉井前辈。"

"听说阿哲被杀了？是真的吗？"屉井问。

"嗯，一枪毙命，被扔进了公园的池塘。"

"是金山干的？"

"也许吧……他是被人骗到这里的。他那么害怕……"片山打了个喷嚏。

晴美说："抱歉，我哥把神户哲从水里捞出来，自己浑身湿透……"

"这可不行。后面的事交给我，你们快走。"

"拜托您了。"

片山和晴美快步走出公园。

"总算活过来了！"片山的声音在浴室里回响。

"哥！别这么大声。"晴美在浴室外面吼。

"解冻的感觉太好了！"片山整个人泡在浴缸里，下巴贴着水面。

"你可别舒服地睡着了，在里面淹死哦。"

"知道啦……但我越想越觉得不对劲。"

"什么？"

"阿哲呀。我不知道金山是怎么骗他的，但他应该很清楚，见到金山必死无疑。"

"是啊……"

"他和你打电话的时候，提到金山的名字吗？"

"你等一下，我想一想。"晴美回忆与阿哲通电话的过程，"没有，绝对没说。如果说了，我不可能不记得。"

"这么看来，他也许不知道金山会去。"

"那是谁把他叫去的？"

"不知道。一定有人替金山联系了阿哲，让他去公园等。"

"是啊，这才符合逻辑。"

"但是……"片山歪着脑袋，"对方过了约定的时间却没有出现，阿哲有些担心，于是……"

"给你打电话。"

"是啊，为什么是我？这一点实在想不通……啊，头晕。"

"哎！你可别在里面昏过去哦。我没力气背你回家。"

"我知道。我现在出来。你要不要泡一泡？"

"我……对哦，我还没洗澡呢，那么一大缸水，怪浪费的。我也要泡一下。"

"那你等我出去。"

"废话！"晴美苦笑道，"福尔摩斯，你说，有哪个妹妹到了这个年纪会愿意和哥哥一起泡澡？"

"喵——"福尔摩斯早已上床找了个舒舒服服的好地方，缩成一团，做闭目入睡状。

"哎。"

片山的手机响了。

"哥，你的电话。"

"谁打来的？替我接一下。"

"我接合适吗？喂？喂？"晴美接听了电话。

"请问……是片山先生的手机吗？"

"我是他妹妹晴美。"

"哦，我是中泽江里。"

"啊，你好。"

"你哥在吗？"

"在洗澡。你稍等，"晴美站在浴室门口告诉片山，"是中泽江里小姐打来的。"

"知道了。"

片山在腰上裹着浴巾走出来。他从晴美手中接过电话又走进浴室，关上门。

"啊……你好……嗯，没事……有回声？我在浴室里。"

晴美隔着门都能听到片山的声音。她有些嫌弃地嘟囔道："哥也真是的……什么时候和她勾搭上了？"

他一定听到手机响了。

屈井一边这么想一边反复拨打电话。

他一定看到了电话是自己打来的，故意不接。

"快给我接电话！"屈井嘟囔着，再次拨打同一个号码。

终于，对方接听了。

屈井吐了口气，尽量克制怒火。

"屈井？抱歉一直没接，我在泡澡呢。"金山一副理所当然的口气。

"金山！你骗我！"屈井回头看了看公园深处，池塘边已被灯光照亮。

"骗你什么？"

"你别装傻！你说过不会杀阿哲！"

"你说那个，"金山笑道，"那是自然而然发生的。"

"胡说！你从一开始就打算杀了他！"

"当然，"金山的语气骤变凶恶，"他出卖我，该杀。"

"但是……"

"你连这么简单的道理都不明白？"

"你……"

"把他叫出来的人是你，你有没有搞清楚状况呀？"金山的语气充满嘲讽，"对了，忘了谢谢你，今天的五十万够我花销一阵子的。"

"我受够了!"屉井强忍怒火,"再也不会任你摆布!"

"是吗?"金山不以为然,"可以,随便你。但如果我被抓,大家就会知道是谁杀了那个叫若原的年轻刑警。"

屉井无言以对,紧咬嘴唇。

"我们都消消气,"金山说,"你听好了,现在这样对我俩都好。你别无事生非。"

屉井缓缓地吐了口气,不情愿地说:"知道了。"又加了句:"不能再杀人了。"

"我又不喜欢杀人。"金山说,"再联系,保重。"突然想起问了一句:"你的腿怎么样了?"

7　破绽

　　总不能一直躲着不见。

　　亚季子很清楚这一点。

　　但至少想把"那时候"拖后一点儿。她故意不去上和他一起选的课，休息时间也总躲进图书馆。

　　然而再怎么躲，终究是在同一所大学里的同学。

　　"亚季子！"

　　听到这一声叫唤，亚季子心里一惊，停下了脚步。

　　没办法，总不能装作没听见。

　　"哦，是阿努，"她回头说，"怎么了？"

　　茂原努一脸怨气。

　　这也难怪，亚季子非常清楚他生气的原因。

　　"我给你发了多少消息！"茂原努说。

　　"对不起，最近有点儿忙，"亚季子暧昧地微笑着，"我还有课，有话回头再聊。再找时间。"

　　"不行，必须现在说清楚！"

　　"我有课，是必修课。"

"你明明翘了刚才那门必修课。你这么讨厌和我在一起?"

"阿努……"

"我知道。你来了大学,却故意不上和我一起的课。"

亚季子垂下视线。

"回头再说?你真的会和我如约再见吗?其实你早就想好了要溜,对不对?"

"不,我一定会赴约,真的。"

茂原气鼓鼓地盯了亚季子好一会儿。

"好吧。"他耸耸肩,"这节课下课后,我们在R见。"

"R?明白了。"亚季子点点头。

"再见。"

茂原快步离开。

"对不起,阿努……"亚季子喃喃道。

茂原猜的没错,亚季子根本没打算赴约。

亚季子疾步走向教室,却在门口停下脚步。

她担心下课时茂原会在教室门口等她出来。

她很了解茂原,知道他一定会这么做。

茂原会纠缠很久,这样她就没时间去见加濑了。

稍作迟疑的工夫,老师开始上课了。亚季子决定把这节课也翘了,现在就离开学校。

当然，这样一来，她就会到得太早了，但没办法，总比迟到好。亚季子走出教学楼，朝学校正门走去。她怕遇到熟人告诉茂原她已经走了，于是径直朝正门快步离开。

她并非没有愧疚。

走到校门外，她稍稍放缓脚步，看了看手表。

时间还很充裕。

天好冷，天空阴沉，寒风刺骨，但亚季子无所谓。

手机响了，亚季子吓了一跳。她担心是茂原打来的。

幸好不是。

"喂？加濑先生？"

"还在大学吧？现在可以通话吗？"

"嗯。"

亚季子有些不安。她怕加濑这时特地打电话对她说"今天不方便，不能见面"。

"我今天下班早。可以的话，想早点儿见到你。"

亚季子心头如小鹿乱撞。

"我也是，正好一门课临时停课，现在已经出了大学。"

"那正好，我现在过去。"

"我也是。"

"今天我们有很多时间。"

"嗯！"亚季子回答的时候满脸绯红。

挂上电话，亚季子觉得自己的步履都变轻盈了。

她朝和加濑约好的酒店走去。

不知是第几次了。

亚季子享受着与加濑在一起时"变成大人"的欢愉。

虽然年龄有差距，但一点儿都没影响。

亚季子一路上蹦蹦跳跳，没有回头看。

她不知道茂原就在不远处一路跟着她。

"啊？"晴美说。

"也许……但……但你别大惊小怪嘛，还剩下这个地方。"片山停下脚步。

晴美重新背好背包，里面装着福尔摩斯，怪沉的。

"喵——"

"你出来走走，行不行？拜托啦。"

晴美打开包口，三色猫柔软的身体"跐溜"一下钻出来，落到地面上。

"还好没开车来。"晴美说。

"嗯……"

一方面是因为即使开车来也没地方停，一方面是这个地方和现代化交通工具非常不般配。

"好像啊。"片山说。

"像金山藏身的地方？是吧，我也这么觉得。"

"如果躲在这里，金山一定会很安心。"

寒冷的冬日天空下，破旧的房屋看起来更显萧条、寂寥。

道路并不直，甚至可以说根本没有路，只有房屋与房屋的间隙，忽宽忽窄，忽左忽右，歪歪扭扭。

而且没有一个人影。

"真的有人住在这里？"

"应该有。"片山说。

"是猫咪！"一个孩子叫道。

一户独栋人家的大门敞开了一半，一个四五岁的孩子正坐在门口。"喵——"福尔摩斯打了个招呼。

孩子高兴地挥挥手。

看到那笑脸，片山和晴美都松了口气。

像是孩子母亲模样的女人探出身子。

"请问，"片山说，"这边有没有一户叫金山的人家？"

"金山？"女人歪着脑袋，"不知道……"

"以前有过吗？"

"想不起来。"

"是嘛。"片山道了谢,准备离开。

"等一下!"女人叫住了他,"我知道有个女人好像和一个叫金山的男人共同生活过。"

"哦?"

"我记得听她提过那个名字……你等一下。"

女人走回屋。

片山等了十分钟左右。

冷风吹过全是缝隙的屋壁。

片山冷得缩起脖子。

这时,刚才那个女人的母亲走出来,老妇人满头白发。

"你找金山?"老妇人直接问。

"您认识他?"片山说。

"不是我,但以前有个女人和一个叫金山的男人同住。"

"现在已经……"

"最近两三个月都没见过。"老妇人耸耸肩,"住这儿的人,能过好自己的日子就不错了。"

"那个女人住在哪里?"

老妇人抬起枯枝般的手指,指向歪歪扭扭的前方:"走到头,有间小神社。"

"您是说她住在神社附近?"

老妇人的嘴角浮现笑意："她住在神社里。"

"住在神社里？"

"如果她还没走。"

"谢谢您。"片山道谢。

"这是一点儿甜品，请收下。"晴美从纸袋里拿出一盒糕点交给老妇人。

晴美今天准备了好几盒糕点。

老妇人的脸上不再是皮笑肉不笑，而是露出真正的微笑。

"哇，甜品，好久没吃了，"老妇人接过糕点，"可以收下吗？真不好意思啊。"

"您客气了。谢谢您告诉我们这么多，这是应该的，"晴美笑着说，"您要是还想起些别的什么，请联系我哥哥。"

片山在名片上写下电话号码，交给老妇人。

"你们是兄妹？我还以为是恋人呢。"

"别人经常这么说，"晴美一脸认真，"其实我们是三兄妹。"

脚边的福尔摩斯"喵"地叫了一声。

老妇人大笑。"你们一家人真好，"她说，"我好多年没这么笑过了。"

"您应该多笑笑。"

"我也想笑，但每天连吃的都没有，哪儿有力气笑？"老妇人把手伸进纸袋，"今天有了这个，吃饭都高兴了。"

片山沿小路向前行。

"这儿的生活真够凄惨，"片山叹气，"太多人需要救助却得不到。"

"是啊。对那些人说什么'既然还健康，就去工作吧'根本没用，因为找不到工作。"

"对这种贫困不管不顾，就是一种犯罪。你说呢？"片山愤愤不平。

"是那间吧，老太太说的神社？"晴美说。

"这种地方能住人吗？"

"不知道……总之，先找一下。"

两人四下找寻了一会儿。能称作建筑物的只有祠堂，已破旧不堪，感觉用力推一下就会倒掉。

"有人吗？"片山朝里面喊，"请问，有人吗？"

晴美用胳膊肘戳了一下片山，小声提醒："你这么喊，会吓得人家不敢出来。"

"啊……是嘛。"

"对不起，"晴美温柔地打招呼，"我们想找一个叫金山的人，如果您在，可以出来见一下吗？"

过了好一会儿，没有听到任何回复。但片山和晴美都闻到屋里散发出食物的味道，闻着像是某种酱料。

里面肯定有人。

切忌着急。

又过了好一会儿，他们听到地板被踩压的声音。

"哪位？"一个女人虚弱地问道，"抱歉……"

门开了，一个穿毛衣配裙子的女人走出来。

"让你们久等了，我的身体不太舒服……"

"没事，没关系。"晴美说。

"你们要找金山？"

眼前的老妇人看起来七十岁出头，满头白发。住在神社里，说明她没有自己的家。身上的衣服虽然一看就是旧的，但无论毛衣还是裙子都很整洁，并非破破烂烂的。

"您认识金山吗？"片山问。

"哪个金山？父亲还是儿子？"

片山和晴美面面相觑。

"父亲？"

"以前和我同居的男人，金山正春……不知他现在是否还活着。"

"如果健在，会是多大年纪？"

"嗯，他比我大三岁……应该是七十五六岁。"

"那儿子是……"

"金山广造。"

这老妇人竟是金山的母亲！

"他如今在哪里？"

"不知道。二十岁的时候，他说要出去寻找他父亲，结果一去不回。"

"那时候他住哪里？"

"前面的公寓。后来整栋公寓被债主收走了，里面的住户连同家具一起被扔出来。我一个人无能为力，住进了这间祠堂，直到现在。"

"金山正春和金山广造后来都没联系过您？"

"他们想联系也联系不上，都不知道我住在这里。"

"对不起，请问您叫什么名字？"

"我？对哦，还没自我介绍。"老妇人的笑容很优雅，低头致意，"我叫大津久仁子。"

片山记下她的名字。

"其实我是警察，"片山说，"我们在找广造先生，有些事想问他。"

"是吗？刚才说了，我和他没联系了……"

"需要为您介绍养老院之类的地方吗？我可以找一找熟人。"晴美问。

"不用了，反正没剩多少日子了，"大津久仁子摇摇头，"住养老院的话，会给金山他们爷儿俩增添负担。"

"但是……您其实是想见他的，对吗？"

"是啊，没办法。我不是个好母亲，哪里有资格叫他尽孝？"大津久仁子的语气平静、淡然。

"打扰您了，"晴美说，"请收下这个。"说着，放下一盒糕点。

"啊，谢谢你。"

片山掏出名片："如果需要帮忙，请别客气，随时联系。"

"嗯，如果真的有需要，不远处有公用电话。我虽然没钱打电话，但会拜托香烟店的老板帮忙。"

"这是电话卡，请您收下。"晴美在糕点盒上放上一张余额充足的电话卡。

片山离开神社，走了一会儿突然停下脚步。

"真让人吃惊，金山的母亲居然健在。"

片山兄妹来到这里，是因为查到一份资料，发现金山曾在这里居住过。但那份资料完全没提到他母亲也住在这里。

"也许金山会来看望他母亲。我们派人在这里监视吧？"

"是，但不能被他发现。"

"嗯。"

片山掏出手机打给屉井。

"我是屉井。是片山？"

"是，屉井前辈，我们找到了金山的母亲。"

屉井沉默片刻。

"喂？喂？"

"片山，你刚才说什么？"

"我是说金山广造的母亲。虽然没有十足的证据，但我们刚刚和她聊过，不会有错。"

"真的？"

"我们觉得最好派人来这里监视……"

"当然！"屉井似乎很兴奋，"在哪里？"

屉井把片山告知的地址重复了好几遍。

"知道了，我去安排。你先回来向科长汇报情况。"

"好，拜托了。"片山挂断电话，对晴美说："屉井前辈让我现在返回搜查一科，说他会安排。"

"但其他警员赶来之前，这里没人看着不行吧？"晴美说，"我和福尔摩斯留下，你先回去。"

"也对，以防万一，"片山说，"有劳你了。"说完快步朝来时方向走去。

"走吧，福尔摩斯，"晴美说，"好冷，我们躲在哪里好呢？"

屉井走出搜查一科，立刻来到没人的走廊一角掏出手机。

"臭小子……"他嘟囔着按下号码。

响了好几次，对方一直没接。屉井焦躁地反复拨打。

"喂……"对方终于接听了。

"干吗不接电话？"

"我正忙着呢。"金山说，"你过会儿再打来。"

"是吗？我是无所谓，但你不想见你母亲吗？"

金山沉默片刻，问："你说什么？"

"我是说你的母亲。我知道她在哪里。"

"你想诓我？"

"我是认真的。你母亲叫大津久仁子，对吧？"

金山大吃一惊："真的？她还活着？"

"是啊，但你没有多少时间了，"屉井说，"我马上会派人过去把她保护起来，这么一来，你就再也见不到她了，除非你被抓。"

"等一下，你快说！我妈在哪里？"

"想知道？"屈井露出笑意，"告诉你也行，有个条件。"

"条件？"

"我不说，你也该明白。把你手里的证据交出来！"

"混蛋……"

"想清楚了？我最多能拖延几分钟。"

"我没带在身边，得去取。"

"金山！这么重要的东西，你这家伙不随身携带？别想拖时间！"屈井说，"马上交给我，我就告诉你你母亲在哪里，否则你准备好一辈子见不到她！"

"知道了。"金山说，"我给你。"

"别耍花招。我只给你十五分钟到达我指定的地方。"

"见到我之前，你别派人去我妈那里。"

"行，我答应你。快到的时候，打我手机。等你。"

挂断电话，屈井忍不住笑了。

"妥了！妥了！"

只要抓住他的弱点，金山也没什么可怕。

就算金山指认开枪打死若原的是屈井，也不会有人相信。

但还不能掉以轻心。

在证据到手之前……

8 乱套

冲完澡，屉井亚季子用浴巾擦干身体，叹了口气。

她望着镜子里自己的身体。

自从尝到了与加濑翻云覆雨的欢愉，时日虽短，她却明显感到身体有了变化。

她不再是少女，而是女人了。

她彻底忘了茂原。

今天还有时间。

再来一次？不，哪怕只是再拥抱一下，她都会很开心。

亚季子用浴巾裹好身体，又突然改变注意，拿掉浴巾直接走出浴室。

加濑靠在床上。

"加濑先生，你看，"亚季子说，"你看看我嘛。时间还早，再来一次吧？"

加濑微笑："你真美，但是……结束了，对不起。"

亚季子一脸疑惑："什么意思？"

"穿上衣服，我要走了。"说着站起身把手机放入兜里。

"等一下，"亚季子跑向加濑，抓住他的手腕，"出什么事了？我们还会再见的，对吗？"

"不会再见了。"

"为什么？我不要！"

"亚季子，对不起！"加濑抱了抱她，"刚才接到一个电话……详细的，我不能说，但我得逃走了。"

"逃？什么意思？"

"我得逃去一个小地方躲起来，一时半会儿回不来了。对你，我只能说对不起。"

"你和谁一起逃？"

"不，我一个人。没办法。"

"带我一起走！"亚季子说，"我愿意跟你去任何地方！叫我做什么都行！"

"别说傻话。你还年轻，还有美好的未来。"

"当下更重要……我不要失去你！"亚季子紧紧抱住加濑，"求你了！带我一起走！"

"但是……你跟着我要吃苦的。"

"我不怕！只要和你在一起！"

加濑吻了亚季子一下："好，那你回趟家，带上必需品。"

"好，然后去哪里碰头？"

"我得回去收拾一下。今晚十一点，东京车站见。"

"好。东京车站的哪里见？"

"到了车站打我的手机。"

"好。"

"我先走了。"

"今晚见！"亚季子又一次抱住加濑，"我好幸福！"

加濑急匆匆地离开。亚季子躺在床上，觉得好像梦一场。她有些恍惚，分不清刚才自己对加濑说话是在现实中还是在梦中。

是真的。那个人真的说了"得逃走"。

所以……

"我也一起去。"亚季子喃喃地说。

她这才意识到自己刚才作出了一个多么荒唐的决定。

和加濑一起逃走。

这意味着她将失去与父母在一起的生活，失去自己的房间和床，失去大学里的朋友以及现在拥有的所有一切。

她真能做到？

和加濑两个人去偏僻的小地方生活。

靠什么过活？在小公寓里打扫、洗衣、做饭……都得她去做。我什么都做不了……但是……但是，一想到要失去加濑，又觉得什么苦都愿意去承受。

已经和他约好了。

必须去。先回家收拾必需用品。

十一点，东京车站。为了不让父母起疑，得早点儿出门。然后骗他们说"去朋友家过夜写报告"，这样至少能瞒到明天。

"振作些！"亚季子对自己说。

要和那个人一起逃走。决定了！

"啊嚏！"亚季子打了个喷嚏，才想起自己还没穿衣服。

她赶紧穿戴整齐。即将开启新的人生旅程，这时候可不能感冒。她拿了包，走出房间，开始思考要回家带什么东西。

坐电梯来到一楼，她快步离开酒店，径直朝车站走去。

"亚季子！"

她回头一看。

"阿努？"

茂原努站在那里，表情严肃。

手机铃响了。

屈井一边朝正门入口走去，一边对电话那头的金山说："超时十八分钟了！"

"我在大楼前面的路上了。你没诓我吧？"金山说。

"别担心，我言而有信。"屉井拄着拐杖走出警视厅大楼，"你在哪里？"

"我看到你了，左手边。"坐在出租车里的金山靠窗坐着，朝屉井挥挥手。

屉井走到出租车旁："说好的东西呢？"

"地址呢？"

"同时交换。"屉井说着拿出便条。

金山从上衣兜里掏出一个小塑料袋。

"就是这个。"

"交换！"

塑料袋与便条交错而过。屉井把袋子举到与视线平行的高度，看了看袋中那颗尖端已变形的弹头："没错。"

金山看了便条："在那间神社？那里应该已经是一片废墟了。你确定？"

"说是住在祠堂里。"

"知道了。你给我三十分钟。"

"那可不行。从这儿过去，开车十五分钟就能到了。十分钟后，我开始安排人，再准备准备就出发过去。这点儿时间足够了吧？"

金山抬头看看屉井："我俩从此互不亏欠。"

"没错。"

屉井看着金山坐出租车离开，一下子感觉身轻如燕，回去的时候几乎没用到拐杖。

"奇怪，"晴美看了一眼手表，"怎么还没过来？"

"喵——"

福尔摩斯叫了一声，似乎在说："问我也没用呀。"

"我给哥打个电话。"晴美刚取出手机，就听到车辆驶近的声音。

来了？

晴美正打算走到大路上去看，福尔摩斯尖叫一声，晴美立刻停下脚步。

"是出租车。"晴美立刻躲到神社边上的树丛里。

这种地方怎么会有出租车来？

出租车停下，从里面走出一个商务人士模样的男人。

"在这里等我一下。"男人对司机说完，立刻跑向神社，没有丝毫犹豫，径直冲向祠堂，边跑边喊："妈！妈！"

"是金山广造！"晴美吃惊不已，"怎么办？"

虽然乍一看，这男人的模样和印象中的金山大不一样，但他是知道自己母亲在这里，所以过来，这一点毋庸置疑。

金山来到祠堂，打开大门。

"什么事啊？吵吵嚷嚷的。"大津久仁子抬头问道。

"妈！是我，广造。"金山跪到母亲身边。

"广造……"大津久仁子一脸茫然地看着金山，"啊，真的是广造。"

"您怎么在这里？我找了您好久，"金山抓着母亲的肩膀，"没时间在这儿闲聊，我们现在就走。"

"现在？你……我要收拾一下。"

"有坏人要来这里抓您，还要把您关到牢里。"

"我什么都没做啊。"

"他们才不管呢。妈！快逃吧！"

"等一下，太突然了。"

金山抱起母亲："以后再向您解释。"边说边跑出祠堂。

突然，金山停下了脚步。晴美和福尔摩斯挡在了面前。

"你是谁？"

"片山刑警的妹妹，"晴美说，"金山！警车就要来了。你还是自首吧。"

"滚开！"

"我不会让开的。如果把你妈妈也卷进来，她可能会因你而受伤。"

"啊，你是刚才给我糕点的……"久仁子缓缓开口道，"这是我儿子。"

"喂！"金山说，"警告你们，最好不要在这里抓我。"

"什么意思？"

"你觉得我是怎么知道这里的？是屉井那家伙告诉我的。"

"屉井先生？"

"他故意拖延派人过来的时间，就是为了放了我。"

"他为什么要这么做？"

"去问他本人。我手里有枪，不想吃枪子儿的话，现在就让开！"

晴美有些犹豫，但福尔摩斯沉稳地叫了一声，然后让到一边。于是晴美说："好吧，你打算把你妈妈带去哪里？"

"不用你管！"

金山抱着母亲直奔出租车方向。

晴美没有追上去。

是屉井告诉金山的，这是事实，因为没有别人知道。

为什么？若原被杀，最恨金山的明明是屉井。

出租车扬长而去。

晴美拿出手机打给片山。

"哥，你在哪里？"

"刚到警视厅门口，你那边怎么样？"

"金山来过了。"

"啊？"

"带着他母亲逃走了。"

"派去的人呢？"

"还没到。金山是坐出租车逃走的，K出租公司，车牌号是143。"

"知道了，我立刻安排追捕，"片山说，"需要我过去你那边吗？"

"不用了。我看到警车了，刚到。"

"可恶！金山是怎么知道的？"

"这件事稍后告诉你。"晴美说。

结束通话，晴美看着警车停在神社门口。

"福尔摩斯……"

"喵——"福尔摩斯叫了一声，稍稍闭起眼，似乎在说："没关系，别放在心上。"

"是啊。如果强行阻拦，也许我已经中弹了；也可能警车刚好赶到，双方发生枪战……"

晴美想过，如果真是那样，金山的母亲也可能会中弹。

不能让这种事发生。

估计片山很快能找到那辆出租车，因为就在附近，不会花太多时间。但屉井为什么……

晴美觉得这件事一定另有隐情，而且事关重大。

警察们进入神社搜寻，结果一个个叫着"没人啊"。

晴美故意没有露面。

目前这种情况下，她很难说清楚。他们可能会以为是晴美故意放走了金山。

再过一会儿，片山也会过来。

"该怎么说，福尔摩斯？"

福尔摩斯早已闭上眼睛，进入睡眠状态。

"亚季子！"

"等一下，我想吃点儿甜的。吃完了再说，求你了。"亚季子拜托道。

茂原努一脸不悦，但还是等着亚季子吃完巧克力泡芙。

亚季子需要时间考虑该怎么应对。

"真好吃。"她舒了一口气，又喝了一大口水。

咖啡店里很空。拉丁风格的背景音乐听上去有些嘈杂，但比起太过安静的环境，还是这样更容易开口谈事情。

"亚季子！"

"你都看到了吧？"亚季子淡淡地说，"对不起，我有喜欢的人了。"

"我看见了。"茂原说，"我看见你俩一起进了酒店。还看见那个男人先出来。"

"嗯，他有点儿急事。"

"亚季子，那家伙是什么人？"

"什么什么人？他就是他。"

"他是个中年了。"

"好像才四十五六岁。我们是偶然认识的，仅此而已。"

茂原直勾勾地盯着亚季子。亚季子知道他那双充满怒火的眼睛里噙着泪。

对不起。对不起。

亚季子在心中双手合十。

"你完全不在乎我了，是吧？"茂原的声音在发抖。

"怎么会……没有不在乎。这不怪你，不是你的错。只是……我爱上了他而已。"

"这算什么……我不接受！"茂原努作最后的抗议。

"我明白。你生气也很正常。"亚季子尽可能心平气和，她不想和茂原努吵架。

"那家伙是单身吗？"茂原努问。

"为什么问这个？"

"为什么？我当然要问！"

"但是阿努，我已经二十一岁了，不是十六七岁的小姑娘。是我选择了他，我会为自己的选择负责的。"

"那家伙会和你结婚吗？"

"怎么可能？我也没想过要他那样做。"

"那你到底想怎样？一直和他去酒店吗？"茂原再也抑制不住怒火，大声吼道。

"轻点儿，阿努，请你不要这么大声。"亚季子安抚道。

"我说错了吗？如果是，我会小声。"

"别这样！会妨碍别人。"

"我妨碍谁了？"茂原努越说越来气。

"总之，我们在这里聊下去也……"

"没错，那就去你家！"

"干吗？"

"找你父母说理！"

"别这样，你这么做的话就太过分了。"

"谁过分？你不是爱那个家伙吗？你不是觉得那是对的吗？那就去告诉你父母呀！"茂原双眼通红，狠狠地盯着亚季子。他是认真的。

"你冷静点儿。就算你这么做，我也不会喜欢你。"

"事到如今，难道我还指望你喜欢我？我只是无法忍受你任由那家伙摆布。"

"这是我自己的选择！不用你管。"

"是吗？好，你做你喜欢的事，我也要做我喜欢的事。"

"你要干吗？"

"我要把那家伙的事告诉你父亲，你猜他老人家是会高兴呢，还是……"

看样子，茂原真的打算去说。如果被父亲知道，今晚的私奔一定不会成功。

被茂原骂了一通，亚季子心中的犹豫一扫而空，更坚定了要和加濑一起逃走的决心。

谁都不能阻拦我，任何人都不能。

"就当作我求你，别告诉我爸，"亚季子说，"这是我个人的事，和我爸没关系。"

"那你自己去对你爸说。"茂原步步紧逼。

如果亚季子因为这段情而感到烦恼，茂原的反应也许会有所不同。但亚季子无视茂原的痛苦，毫不犹豫地承认了新恋情。这把茂原逼得直接采取行动。

"走！"茂原起身，"怎么说？回你家还是在这里给你爸打电话？"

"走就走，"亚季子说，"我点的，我买单。"

"算了吧，去酒店开房的钱可能会心疼，这点儿小钱还争个什么劲儿。"

茂原留下来买单，亚季子先走到店外。

怎么办？怎样才能阻止茂原？

"走。"茂原从店里走出来，一把抓住亚季子的手腕。

"放手！你又不是警察！"亚季子用力甩开茂原的手。

两人一起朝车站走去。

下坡路上，亚季子看到身后开来一辆出租车，下意识地往路边靠去。

茂原也往路边避让。

出租车下坡的时候稍稍提速。

亚季子不知自己是怎么想的。

她不知道，也根本没想过，是身体自动行动的。

出租车刚要经过两人身边，亚季子突然撞向茂原。

茂原晃晃悠悠地斜向前趔趄几步。

出租车猛地撞上茂原。

茂原先是被撞在引擎盖上，紧接着滚到车子前方。

一阵刺耳的刹车声。

亚季子看到茂原像断了线的人偶，倒在路上。

我……是我干的。

我……杀了阿努。

茂原倒在地上，一动不动，似乎已没了生命体征。

"喂！干什么！"出租车司机赶紧下车。

亚季子快步跑向车站。

不怪我，是阿努逼人太甚！不是我的错！我没做错什么！

亚季子边跑边流泪。

我……终于要走了！和那个人一起走！

9 消灭

片山好久说不出话来。

"金山确实是这么说的。"晴美强调。

"我明白。"片山很为难，"确实也不可能有别的理由。"

入夜了。

片山等人结束了在神社的搜查，正在回家路上。

他们来到路边一家荞麦面店，吃了份盖浇饭当作晚饭，晴美这才把厮井的事告诉他。

虽然找到了金山一开始乘坐的出租车，但金山很狡猾，没开多久就下车换乘另一辆。当然，他母亲和他在一起。

"本来是抓捕金山的大好机会。"晴美一边喝茶一边说。

"你说，他会把母亲带去哪里？两个人一起逃亡，会很惹眼的。他会把母亲安置到哪里？"

"不知道。"

"也许查一下他母亲的去向会更有效率。我刚才和各家出租车公司都联系过了。"片山转头问店里的女孩，"能给我杯茶吗？"

"好。"高中生模样的女孩似乎是店主的女儿，穿着围裙一边擦汗一边干活。

快打烊了，店里没什么客人。

"哇，好可爱！"女孩看到桌子下面的猫，立刻蹲下身。

"对不起，把猫带进来了。"

"没事，我家也有猫。"女孩笑着说，"太太也喝杯茶？"

"好，"晴美笑着回答，"我是妹妹，不是太太。"

"对不起！我总看错别人的年纪，常因此挨骂。"女孩吐了吐舌头，跑进厨房。

"这孩子给人的感觉真舒服。"片山说。

"金山也是，乍看就是个公司职员，不仔细看根本不知道是他。"

"总之，车站和机场都派了人盯着。"

"那个……你打算怎么办？"晴美问。

她关心屉井的事。

为什么屉井要告诉金山他母亲的地址？为什么拖延安排人手的时间？

"换言之，他不想金山被抓？"

"是啊，但是……真搞不懂。"片山双手抱臂，"这事儿不能不管。"

"是啊。"

女孩送来茶水。片山品尝着这家闻起来特别香的茶。

"屉井先生呢？"

"他应该回家了。"片山说，"要不，我们现在去找他？"

"好，他一定隐瞒了很重要的事。"

"嗯。"

片山明白，屉井的所作所为等于在帮助金山逃跑。

如果公开此事，屉井一定会被问责。他知道自己如果不向上级报告是不对的，但还是想先听听屉井的说法。

片山一口气喝完茶："走！"

他是认真的吗？

亚季子在东京车站漫无目的地走着，等加濑来电。

他真的想带自己走吗？还是因为那时候的自己太吵闹，他为了敷衍自己才随口说说？

"拜托……"

我为了你才这么做，为什么还不来电话？你不会一个人远走高飞了吧？亚季子的包里装着最精简的换洗衣物、喜欢的唱片、书、记事簿等。到底该带什么走？想了想，她发现其实没太多东西是必须带的。但之后肯定会懊恼"把那个带来就好了”“怎么没带上那个？”……

然而现在，只要有加濑就好。

手机铃响了，亚季子停下脚步。

她有点儿害怕接听电话。

“喂？”

“你在哪儿？”

听到加濑的声音和平时一样，亚季子松了一口气。

“我在东京车站。你呢？”

“在你后面。”

“啊？”

亚季子回头一看，加濑正冲她笑。

“讨厌！干吗逗我！”亚季子噘起嘴。

“我刚刚看到你呀。你真的来了。”

“嗯。”

是啊，我甚至为你杀了人……

“真的想好了？”

“我知道自己在做什么。”亚季子一脸认真地看着加濑。

“行，走吧，”加濑点点头，“只带这么点儿东西？”

“嗯。”

“也是，如果缺什么，再买就好了。走吧。”

"去哪里？"

"放心，跟着我走。"

"嗯。"亚季子紧紧挽住加濑。

"对了，如果要跟我在一起，有件事希望你答应。"

"什么？"

"把家人、朋友都扔掉，不要联系任何人。如果下不了这种决心，我们就没法开始新生活。"

"我也是这么想的。"

"是吗？现在就把手机扔了吧。"

"啊？"

"一定会有人打给你。万一信号被追踪，我们就会被发现。你愿意扔手机吗？"

亚季子有些迟疑。家人且不说，有几个朋友，她还是想保持联系的。

"怎么说？"加濑的眼神非常坚定。

亚季子从兜里取出手机，大步走向最近的垃圾桶，把手机扔进去。

"好，走吧。"加濑说。

"等一下。"

"怎么了？"

"吻我！"

即使被别人看到也不在乎。

亚季子主动抱住加濑，送上热吻。

"抱歉，让你久等了。"屈井贵子一边为片山兄妹端上茶水一边说。

"没事，是我们抱歉，突然造访……"片山说。

屈井正在洗澡。

"我觉得他快洗好了……他总喜欢泡得久一点儿。"贵子像在找借口，"自从他的腿伤了之后，就越来越……"

"没事，您别担心。"晴美说。

片山瞥了一眼趴在脚边的福尔摩斯。

他不知该怎么开口问屈井。贵子听了，一定会难以置信。

"您女儿已经休息了？"晴美问。

"她说今晚去朋友家过夜写报告。"

"做学生真好。"

"也不知她是不是真的在好好学习。"贵子苦笑。

"难道是去找男朋友了？"

"是有个男孩和她交往，不过最近没怎么听她提了。"贵子似乎才意识到，"我丈夫不爱听这些。就算女儿有了男朋友，他也不放在心上，说随她去。"

"是叫亚季子吧？"片山说，"前阵子我见过，已经是个大人了。"

"是在那个年轻刑警的葬礼上吧？她回来跟我提过你，"贵子笑着说，"啊，屉井洗好出来了。"说着走出客厅。

"没办法，还是直接问，公事公办。"

"是啊。"片山点点头。

"片山？"是屉井的声音，"你等我一下。"

"您别急，慢慢来。"

十分钟后，屉井穿着浴衣走出来。

"让你久等了。"

"对不起，突然来打扰您。"

"没事，案子有线索了？"

"暂时还没……"

"那家伙运气真好。哎，给我杯茶。"屉井对贵子说。

"屉井前辈……"

"差一点儿就能抓住他了。"屉井叹了口气，"你今天来有什么事？"

"事实上……"片山话还没说完，客厅里的电话响了。

屉井急躁地朝贵子吼："哎！快接电话！"

"好的好的。"贵子一路小跑来到客厅接起电话，"您好，这里是屉井家……您是哪位？"

贵子的表情瞬间僵住。

"老公……"

"谁打来的？"

"他说叫金山。"

片山不由得站起身。

"给我！"屉井从贵子手里接过听筒，"喂！"

"嘿，屉井。"

是金山的声音。

"你从哪里打来？你在外面？"

"今天谢谢你。托你的福，我见到了我妈。"

屉井朝片山偷偷瞥了一眼。

"你特地打电话来，就是为了说这事儿？"

"我暂时要离开东京一段日子，想跟你打个招呼。"

"无论你逃去哪里，我都会把你找出来。"

"因为你没有把柄在我手里了？但我劝你别来找我。"

"什么意思？"

"我不是一个人，有个人和我在一起。"

"你母亲？"

"不是。我怎么可能带上我妈？"

"那是你的女人？"

"是哦，还是一个你也很熟悉的女人。"

"我？"

"你女儿，我和亚季子在一起。"

屉井呆若木鸡。

"喂！亚季子呢？"屉井赶紧问贵子。

"她说去朋友家住一晚……"

"金山说亚季子和他在一起！"

"怎么会这样？"

"事先声明，我可没绑架她。"金山说，"亚季子和我正处于热恋之中。"

"你在说什么？"

"是她说，一定要跟我一起走。你女儿真不赖。"

"你这混蛋……"

"我这阵子，常常带你女儿去酒店开房。你说奇怪不奇怪，我们在那方面很合得来呢。"

"混蛋！不许你乱来！还我女儿！"

"你歇歇吧，是你女儿选择了和我一起生活。"

"亚季子……怎么可能喜欢你这种家伙！"

"我们要去快活的二人世界了。这事儿要是传出去，你肯定没法向警队交代，所以我劝你别来找我。"

"喂！金山！"

"就这样吧，再见了！"金山说，"亚季子的事，你就别担心了。"

"等一等……喂！"

电话断了。

"老公！到底怎么回事？"

"那家伙……快去找亚季子！也许是他胡诌的。"

片山和晴美面面相觑。

"屉井前辈，您说亚季子和金山？"

"那混蛋是这么说的。"

"但怎么可能……"

贵子赶紧给亚季子的朋友打电话。

"我是屉井亚季子的妈妈。你好。请问亚季子今天去你那里了吗？……啊，你们根本没约过？"

屉井的脸涨得通红："金山那混蛋！不能让他活着！那家伙……"

"屉井先生，"晴美站起身，"如果他说的是真话，那两个人现在肯定在去某处的路上。快点儿安排人手去车站和长途客运站找吧。"

"那些地方早就部署过了。"

"但现在是他们两个人。金山不是一个人，之前安排的警员都以为金山是一个人逃亡。"

屉井思绪混乱，听不进晴美的话。

"那家伙……把亚季子……亚季子……"

屉井身体发抖，突然像崩溃了似的瘫倒在地。

"喵！"福尔摩斯尖叫一声。

片山回过神来，大叫："救护车！"然后对屉井呼喊："屉井前辈！"

晴美跑去客厅的电话机旁。

"那……亚季子……"贵子呆呆地还没反应过来。

片山抱起屉井，看着他的脸色渐渐苍白。

"屉井前辈，坚持住！"

无论片山怎么叫，屉井都没有反应。

"救护车马上到，"晴美放下听筒，"怎么样？"

"没有意识，脉搏很微弱。"

"我在这里看着，你快去抓人。金山和亚季子估计会逃去很远的地方。"

"好，这里交给你了。"

片山轻轻地把屉井的头部搁在地毯上。

"屉井太太，请去家门口等救护车。"晴美说。

"啊……哦，哦，好的。"贵子听从晴美的指示，神情恍惚地朝门口走去。

片山用手机联系搜查总部，告诉他们金山是和一个年轻女孩一起逃亡的。

"哥！"

"啊……没想到会变成这样。"

"你觉得，金山说的是真话吗？"

"不知道……但金山没理由编那种谎话。"

"是啊。"晴美点点头，"金山穿得像普通公司职员，如果知道亚季子穿什么……"

"对啊，我去问一下。"片山跑出客厅。

留下晴美守着呼吸艰难的屉井。

"不知道接下去会如何……"晴美对福尔摩斯说，"难道亚季子真的……"

"喵——"

福尔摩斯坐到屉井边上，轻轻地叫了一声。

在晴美听来，那似乎在说"顺其自然吧"。

没过多久，救护车的声音越来越近……

10　漫长的沉默

"打扰了。"

晴美轻轻打开病房的门。

坐在病床前昏昏欲睡的贵子倏地睁开双眼。

"啊，是晴美啊。"她露出微笑，"谢谢你特地过来。"

"您客气了。抱歉好久没来看望了。"晴美静静地关上门，"情况怎么样了？"

"还是老样子啊。"贵子看了一眼躺在病床上睡着的丈夫，"有时会睁眼，像是找什么东西似的转着眼珠。这种时候似乎多少有点儿意识。"

"是吗？"

"但即使对他说话，他也毫无反应。"贵子说，"你坐吧，我去给你泡杯茶。"

"不用。别麻烦了，您也坐吧。"

"我也需要动一动。"贵子说完，小跑着离开病房。

晴美坐下，叹了一口气，看着睡着的屉井。

她知道屉井的情况根本没有出现变化。如果有，片山早该收到消息了。

晴美今天来，更多的是担心屉井的妻子贵子。

"苍老了好多……"晴美喃喃地说。

原本就比大多数五十多岁的人看起来显老的贵子，经历了丈夫住院、女儿失踪，一下子苍老许多。

晴美听了来过这里的片山同事说"屉井太太看起来身体很虚弱"，于是决定今天过来看看。

情况比她预想的还要糟。

贵子的头发几乎已经全白了，黑眼圈是她无休止地操劳的最好证明。

她的身体也极度瘦弱，骨瘦如柴的模样看着叫人心疼。

"你专程过来一趟，我却没什么可以招待你。"贵子回到病房，用热水瓶里的水为晴子泡了杯茶。

"谢谢您。"晴美轻轻地把手里提的纸袋递过去，"一点儿心意。累的时候吃点儿甜食也许会舒服些。"

"让你费心了。"贵子低下头，"我没想到去买什么糕点，因为买回来也只能一个人吃。"

"是啊。"

"那孩子……不知亚季子有没有好好吃东西、在哪里、在做什么……甚至不知她是死是活……"贵子说着，眼泪

"吧嗒吧嗒"落下来。

"我明白您的心情，但您自己也得当心身体，不然亚季子回来的时候，您都要倒下了。"

"是啊……你说得对。"贵子微微点头，"谢谢你这么关心我……但我觉得那孩子肯定已经死了。"

"屉井夫人……"

"如果她还活着，至少会给家里写信。那孩子肯定是被金山骗到深山老林里杀掉了……"

"您别这么想。"晴美说，"如果连您都不再抱有希望，还有谁能把亚季子带回来？"

"嗯，对不起，我一个人待着，就会忍不住往坏的方向去想。"贵子抹了抹眼泪。

"至少请不要放弃希望，无论是对您先生还是女儿。"

"好……谢谢你。"贵子说着低下头。

走出医院，晴美对晒太阳的福尔摩斯说："抱歉，久等啦，屉井先生还是老样子。"

晴美和福尔摩斯缓步向前。

虽然她安慰贵子时那样说，但不确定亚季子是否活着。

自从亚季子带了极少的随身物品离家出走，已过去一年。

在此期间，刑警们四处搜寻她和金山。亚季子的照片还被当作"失踪者"张贴。

不过,对外公开的说法是,亚季子是独自出走的。

追捕金山的刑警的女儿和金山私奔了——警方不可能公开这种消息。

屉井因脑溢血倒下后,始终昏迷不醒。片山想知道的实情——屉井为什么告诉金山他母亲的住址——至今无解。

日子一天天过去,警方依然没发现金山和亚季子的行踪。

"是我的手机铃响了?"晴美停下脚步,从包里掏出手机,"喂?"

"晴美!是我,石津。"

"怎么了?"

"现在方便吗?"

"我在外面,没事儿,说吧。"

"刚才有个女人打电话到搜查一科找你哥。"

"谁?"

"无论我怎么问,她就是不肯说。我告诉她你哥出去了,她就说,想联系片山先生的妹妹。"

"我?"

"对,她反复说有重要的事。听起来像真的,我就把你的手机号码告诉她了。对不起!"

"没事儿。她过会儿会打来吧？"

"嗯，估计会。"

"知道了，我会接听的。"

"对不起！"石津反复道歉。

"会是谁呢？"晴美问福尔摩斯，这时电话响了，"肯定是石津刚才说的那个……喂？"

"嗯……"是女人的声音，"请问是片山小姐吗？"

"我是片山晴美。您是哪位？"

对方久久没有开口。

晴美心头突然涌上一个预感。

虽然毫无根据，但……也许……

"喂？"晴美问道，"是亚季子吗？"

对方似乎吃了一惊。

"是亚季子，没错吧？拜托，请说话。"

对方又沉默了一会儿。

"是，我是亚季子。"

"亚季子！太好了！你还活着！"

"对不起，突然联系你……"

"没关系。我们好像在若原刑警的葬礼上见过，当时你开车去接你父亲。"

"是的。那天你身边有只猫，叫福尔摩斯，对吗？"

"它就在我旁边。你等一下。"晴美蹲下身把手机放到福尔摩斯嘴边，福尔摩斯高声叫道："喵！"

"喂，听见了吗？"

"听见了。"亚季子的声音不再紧张，似乎带着笑意。

"亚季子……"

"我有事相求。"

"请说。"

晴美明白，现在不是逼问她的时候，不能让这仅有的细线断掉。

"你能来我这里一趟吗？"

"我？"

"你哥哥是好人，但他是刑警，有他的立场。所以，对不起，能请你一个人过来吗？"

"我一个人？不是你妈妈或者……"

"请不要告诉我爸妈！求你了。"

晴美很犹豫。

但她首先要考虑的是亚季子的心情，金山的事尚属次要。

"知道了，要我去哪里都行，但我可以带只猫吗？"

"当然。"亚季子仿佛松了口气。

"你躲在哪里？巴西雨林还是撒哈拉沙漠？"

"没那么远。"亚季子笑。

听到她的笑声，晴美如释重负。

"旅游？"片山问，"这么急？"

"抱歉，我要去见个老朋友，"晴美说，"已经从家里出来了。"

晴美打手机给片山告诉他自己要出去一趟。

"知道了，会去很久吗？"

"不会，两三天就回来。再联系。"

"行，路上当心。"

"嗯，我带上福尔摩斯一起去。"

"你不是和福尔摩斯私奔吧？"

片山的这句玩笑话让晴美心里一惊。

"啊，出租车来了，我挂了。"

晴美挂断电话，松了口气。

"哪怕对方是亲哥哥，说谎也很让人不舒服。是吧，福尔摩斯？"

"喵——"

"进来吧。"

钻进晴美背的宠物包，福尔摩斯舒舒服服地打了个哈欠。

出租车朝东京车站驶去。

这样真的好吗？

晴美心中尚存犹豫。

她确实答应了亚季子不会告诉哥哥，也不会通知亚季子父母。然而，亚季子与金山在一起。如果金山挟持自己作为人质，意图逃往他处或索要赎金，怎么办？

不会吧？

亚季子刚才的那通电话，听不出任何欺瞒，晴美只觉得非常同情她。

晴美决定拿自己的直觉赌一把。

话虽如此，如果金山和亚季子一起出现怎么办？晴美在神社那里和金山打过照面。

"先不管那么多，见了亚季子再说。"晴美对自己说。

是啊……晴美不知道接下去会发生什么事。

"福尔摩斯，靠你了。"晴美说。

福尔摩斯却扭过头，一副事不关己的表情。

11　两个人

晴美没想到居然这么近。

转了几趟车，大约五个小时就到了。

下车后，周围天色渐暗。

车站前一片寂寥。虽然也有商店街模样的街道和几家挂着"土特产"招牌的商店，但大多关着卷帘门。

虽然号称"温泉一条街"，却不见大型旅馆，也没有穿浴衣在路上闲逛的游客。

"她说的好像是'红叶庄'。"

亚季子让晴美去这家旅馆。

晴美又走了一会儿终于找到，却感觉名不副实，怎么看都不像是有红叶的地方。入口处是一排乱哄哄的酒吧和小酒馆。虽然没有预约，但她一点儿都不担心。这里看起来不像会满客。

"欢迎光临。"老板娘有气无力地走出来，"一位？"听起来快要睡着了。

晴美被带去一间客房，倒也没有太糟糕，但所见之处皆陈旧，一眼就能看出已经很久没有保养了。

"稍后给您送茶来。"老板娘说完走了。

福尔摩斯从放在榻榻米上的宠物包里轻巧地钻出来，舒展一下四肢。

"一直窝在里面，辛苦你了！"晴美笑了笑喃喃道，"只要待在这儿，亚季子就会来联系我吧……"

"打扰了。"门外传来女人的声音，"给您送茶。"

"请进。"晴美说。

"欢迎您来。"穿和服的女服务员摆出正坐姿势低头致意，"晴美小姐，恭候多时了！"

是亚季子！

"我是这里的服务员。"她把热水瓶和茶壶放到桌上。

"看到你的状态很好，我就放心了。"亚季子看起来比以前干练不少，但也许是换了和服和发型的关系。

"谢谢你特地过来。真对不起。"亚季子说。

"不要这么见外……但你至少给你妈妈打个电话吧，她以为你死了，每天以泪洗面。"

"我想过，但一想到自己做的那些事……"

"你这是……"晴美一惊，话到嘴边又咽下去。

福尔摩斯走到亚季子身边，沉稳地抬头看她。

"你多幸运啊，有个这么温柔的主人。"

"亚季子，难道你……"

"是的，我怀孕了，已经六个月了。"

"孩子的父亲是……"

难道是金山？怎么会这样！

"当然是加濑。"亚季子说。

"加濑？"

"对，我没告诉任何人他的名字。他叫加濑，我和他从东京来到这里。"

"是嘛。"

是加濑，不是金山！

晴美听到"加濑"这个名字，顿时感觉轻松不少。

一定是金山得知亚季子和那个叫加濑的男人要私奔，就骗屉井说亚季子是和自己私奔……

"说实话，两个人过日子，真的很辛苦，"亚季子说，"但是一天天地，日子也过下来了。做饭、洗衣，我都越来越上手。他也很聪明，还常常为我做饭。"

"你们住哪里？"

"在附近的公寓。我工作到晚上九点，他到十一点。"

"加濑先生也在这家旅馆工作？"

"不，他在前面那条路上的酒吧工作。早上我俩开工都比较迟。"亚季子说，"对不起，我还在上班，稍后给你送晚饭过来，虽然不是很好吃。"

"不着急。"

"难得你来一趟，泡一下这里的温泉吧？这里的水质特别好。"亚季子举手投足尽显娴熟干练，"过会儿见。"说着走出房间。

"太让人吃惊了！"晴美叹了口气，"还好对方不是金山！"福尔摩斯一声不吭地看着房间门口的方向。

亚季子九点下班，之后才有时间好好聊。所以晴美先去大浴场舒舒服服地泡了泡，再回房间吃晚饭。

饭菜果然很一般。

晴美刚吃完，旅馆里突然热闹起来。

"打扰了。"亚季子走进晴美的房间，"我来给你铺床。"

"不用，我自己来。"

"但是……"

"没事儿，我来。"

"抱歉，突然来了一拨团体客人。"

"还有这种事？"

"旁边旅店的两批客人预约重叠了，就介绍给了我们。"

"有客人总归是好事。"

"但必须现在准备晚饭的食材，厨房都忙疯了。"

"哦，原来如此。"

"这么一来，九点都没法下班。以后再聊行吗？"

"嗯，你空了就来找我。"

"谢谢你。"

亚季子离开后，晴美自己铺好被子。福尔摩斯躺在坐垫上，尺寸刚刚好。

"看样子今晚还是不要去大浴场了。"

"喵——"

"哎，对哦，客人都是男的吧？"房间外传来的声音都是男声。这么一来，女浴池反而会很空。

晴美躺着看电视打发时间，无奈睡意袭来，起身决定再去泡个澡清醒一下。

穿着浴衣拿上毛巾："可惜猫咪泡不了温泉。"

"喵——"

"那我去了。"晴美说完朝大浴场走去，半路上看到双手端着晚餐、一边擦汗一边小跑的亚季子。

"哇，已经是行家了。"晴美感叹道。

晴美依然不知道亚季子为何叫她来。

虽然她很想尽早通知片山和亚季子的母亲，但还是决定先听听亚季子怎么说。

"呀！"晴美突然想起忘记带发圈。头发弄湿了会很麻烦。她回房间拿了发圈正要出门，手机响了。

"哥？喂？"

"你在哪儿？"片山问。

"温泉旅馆。"

"啊？你是去玩儿啊。"

"你猜谁在这里打工？"

"谁？"

"是那个亚季子！"晴美终究忍不住说了出来。

"屉井前辈的女儿？"

"嗯。"

"那金山……"

"和她私奔的是别的男人。"

"啊？"

"具体情况她还没告诉我，等我了解后再联系你。"

"等一下，哪家温泉旅馆？"

晴美回答了旅馆的名字，为了暂时堵住片山的嘴。

"我要去泡温泉，挂了。"

晴美有些兴奋。

女浴池里只有几个人，晴美泡得很惬意。

舒舒服服泡了澡，晴美在大堂里稍作歇息，听到那拨团体客人酒精下肚后一个个都在大声喧哗。

"醉鬼真讨厌。"晴美自言自语时，一个把浴衣穿得七扭八歪的醉汉晃晃悠悠地走到大堂。

"喂！没人吗？"醉汉在大堂里乱吼乱叫，"这儿没女人吗？服务这么差！"

没有服务员过来。

晴美准备回自己的房间，说了句"借过"，正打算从醉汉边上经过……

"嘿！小妞！"

醉汉突然抓住晴美的手腕。

"干吗！"

"挺可爱的嘛，走！去大爷房间给我们倒酒！"

"放手！我是这里的客人。"

"随便你是什么！去陪我们喝酒！走！"

"不行！"

晴美甩掉醉汉的手，大步向前。

"站住！"醉汉突然从身后抱住晴美。

"放开我！"晴美拼命挣扎，无奈对方力气很大，没能挣脱。

"有什么关系嘛！让大爷好好疼疼你！"醉汉满嘴酒气。

突然……

"哎呦！"醉汉抱着脚一屁股坐在地上。

"福尔摩斯，谢谢！"

福尔摩斯用爪子狠狠地抓了醉汉的脚。

"什么东西！看老子不收拾你！"醉汉站起身，晃晃悠悠地扑向福尔摩斯。

就在这时……

"住手！"有人大喝一声。紧接着，醉汉翻着跟头滚到门边。

"您没事吧？"出手相助的男人说。

"没事儿，谢谢……"

"这种发酒疯的家伙真叫人恶心。"穿短风衣的男人说，"旅馆的人也该看着点儿。"他颇为不平，"就算是客人，也应该遵守秩序。"晴美感觉一下子从头凉到脚底心。

男人瞥了一眼福尔摩斯，再次看了看晴美。

"你是……"

是金山！那天在神社前，她和福尔摩斯与金山见过面。

"你是那个刑警的妹妹……"

"你收工了？"亚季子突然走过来。

"嗯……"

"临时来了拨团体客人，忙个不停。你是再等等还是先回去？"

"呃……"

"片山小姐，这是加濑。"亚季子挽着他的手。

看到亚季子一脸幸福的模样，晴美只能微笑："初次见面！我叫片山晴美。这是福尔摩斯。"

"这只猫可聪明了！"亚季子说，"我上中学的时候就认识晴美的哥哥了。"

"是嘛。"金山说，"谢谢你为了亚季子大老远跑来。"

"没事儿。"

原来金山是自称"加濑"和亚季子交往的！

亚季子不知道他的真实身份。

"晴美，我有件事想和你商量。"亚季子说，"有些事还是找女生说比较方便。"

"你别太为难人家。"金山搂住亚季子的肩膀。

"啊，我要去送啤酒了！"亚季子慌忙离开。

"身体吃得消吗？我去帮你。"

"没事儿，每晚都是这样。再等等，晴美，对不起啦。"

"不着急。"

亚季子在走廊里小跑着回去工作。

晴美与金山正面对峙。

"哟，加濑先生，你来啦。"老板娘从一旁走过来。

"您好，谢谢您一直关照我们。"

"对不起，今天让你老婆辛苦了，突然拥进来一拨团体客人。"

"有生意是好事。"

"我估计再过半小时，宴会就该结束了。"

"我可以在这里等她吗？"

"当然，要不你趁这工夫去泡个温泉？"

"不，这怎么好意思？"

"你老婆真的很能干，又年轻又可爱，还有客人特地冲她而来呢。"

"很高兴她能帮上忙。"

"但还是要当心身体，毕竟是头胎。"

"谢谢您。"

"那我先走了。"

这会儿，老板娘看起来特别有干劲。

金山和晴美来到大堂，在沙发上落座。

"真没想到。"晴美说。

"我也是。"金山微笑，"她说要叫个朋友过来，我还以为是她的大学同学。"

"金山……"

"别！"金山打断道，"在她面前请叫我加濑。"

"但是……"

"她早晚会知道的，这一点我很清楚。但现在她怀着孕，不能受打击……"

晴美缓缓吐出一口气。

"好吧，今天先这样。但你别指望我帮你继续逃亡。"

"我没那么得寸进尺。"金山说。

"你有什么打算？"

"不知道……但我不打算杀你，放心。"

"放心？"

"毕竟我是杀人犯。但是……这一年，我变了，真的！"

福尔摩斯待在晴美脚下，静静地望着金山。

"因为你的那个电话，屈井先生受到沉重打击……"

"我可以想象。"金山一脸认真地点点头，"一开始我勾搭亚季子确实是为了让屉井难受。后来我说要逃走，亚季子无论如何都要跟我一起走，我当时觉得可以用这事儿加倍羞辱屉井。"

"后来你们一直在一起？"

"我原以为，她这种任性大小姐过不了几天肯定会哭着吵着要回家，到时候我就可以把她扔到随便哪个乡下的公交车站。"金山娓娓道来，"但我们在这里找了房子住下来之后，亚季子居然拼了命似的努力做个好主妇。找到旅馆服务员这份工作也是靠她自己的本事。即使我整天游手好闲，她也毫无怨言，每天很晚下班回来，还给我做晚饭，第二天又早起洗衣、打扫。时间久了，我于心不忍，于是去酒吧找了份工作。"金山的嘴角微微扬起，"那天夜里，我对亚季子说'明天开始我去工作'，她喜极而泣的模样，至今在我眼前。"

"她真的很爱你。"

"现在也是她赚得比我多。做服务员本身没什么钱，但她年轻叫爱，很多客人给她小费。好像已经存了不少。"

"她很会过日子了。"

"是啊。意外吧？我渐渐喜欢上和她在一起生活。而且现在……她怀孕了。"

"她原本就打算要生下来吗？"

"她知道怀孕后，可高兴了。我当然犹豫。但没法开口叫她去打掉。看到她幸福的模样，我也感到很高兴。"

晴美觉得金山的话听起来不像是假情假意。辛勤劳作的亚季子看起来也没有半点儿勉为其难忍受艰辛的模样。

然而无论两人现在的生活有多平静，一切都该结束了。

"亚季子没有任何过错。"金山说，"这一点，希望你能明白。"

晴美点点头。

"再稍微等一会儿哦！"

在走廊里匆匆来去的亚季子对丈夫说。

"金山，你真是造孽啊。"晴美说。

12　突发事件

"抱歉,家里乱糟糟的……"中泽江里走进屋打开灯,"快进来,都湿了吧?"

"那……打扰啦。"片山有些拘谨。

"快进来,把上衣脱了,得快点儿弄干。"

等出租车的时候,因为突降大雨,片山被淋湿了。

"要茶还是咖啡?"

"不用了……嗯,如果可以的话,还是咖啡吧……"

"好。咖啡我这儿还是有的。"中泽江里笑着说,"你是不是以为我这里什么都没有?"

"不……"

"坐吧,家里有点儿小。"

片山坐到餐桌边。

"本来想放张沙发,但一室户实在太小了。"江里说,"抱歉,我去换件衣服。"

"好。"

"那……"江里说着拉上移门。

片山有些忐忑，不停地打量房间。

房间收拾得很干净。他今天是突然来的，可见这里平时就保持得很干净，并非为他特地打扫过。

"肚子饿吗？"江里隔着一扇门问，"要不要叫外卖？"

"呃……我……都可以。"

晚饭吃得早，之后去了演唱会，现在确实有些肚子饿。

"我饿坏了，刚才只吃了色拉，现在肚子都空了。"江里换好毛衣和牛仔裤走出来。

"吃什么呢？"

"饭还是披萨？"

"你想吃什么？"

"你喜欢吃什么？"

"要不……炸猪排盖浇饭？"

"电视里的刑侦剧中经常会出现这个啊。"江里笑着说。

已故若原的未婚妻中泽江里半年前开始和片山交往。

但因为两人太忙，每个月只见一两次面。

若原一周年忌日过后，片山的心理负担小了些，才开始和江里约会。

"附近有荞麦面店，很快能送到。"江里烧了水，冲了滴滤咖啡，"晴美去温泉了？"

"好像是的。她总是闷声不响干大事，我还真放心不下。"片山苦笑。

听说她已经找到了屈井亚季子，这让片山安心不少。

他想到那姑娘出走后倒下的屈井前辈。

"你妹妹很稳重。"

"是啊，虽然年纪轻轻的。"

两人喝着咖啡，沉默片刻。

"片山，"江里说，"晴美知道我们的事吗？"

"晴美？嗯，我告诉过她……"

"她会讨厌我吗？抢走了她的宝贝哥哥。"

"她不是那种人，"片山摇摇头说，"没事儿，别担心。"

"是嘛……"

又是一阵沉默。

外卖来了。

"趁热吃吧。"

两个人在小小的客厅里吃着盖浇饭。

片山和江里在一起的时候不会感到紧张，反而有种安心感，这对他而言实属难得。

"真好吃，"江里喘了口气，"热乎乎的什么都好吃。"

她把碗洗了一下，放在门外。

"外面还在下雨。"她回到屋内，"休息一会儿再走？"

"嗯，我不着急回去……"

"那……要不今晚住我这里？"江里脸上漾起一片红晕。

"但是……"

"你不必为难，"江里说，"我都可以……"

"嗯……"

"这里太挤了，先到里屋伸伸腿脚吧。"

片山和江里躺在六张榻榻米大小的房间里，悠然度过了这段时光。

江里的头枕在片山的胸口，轻轻阖眼。

"好困啊。"片山打着哈欠。

"睡前先亲一个。"江里抬起脸吻片山的唇，"你……今晚真的在这里过夜？"

"可以。"

"真的？"江里顿时神采飞扬，站起身，"我去给你放洗澡水。"

片山兜里的手机突然响起。

"会是谁？喂？"片山坐起身接听电话。

"片山前辈！太好了！您在家吗？"是石津的声音。

"我在外面……怎么了？"

"刚才搜查一科接到一个电话。"

"什么事？"

"屉井夫人……"

"屉井夫人怎么了？"

"电话是医院护士打来的。"

"屉井夫人累倒了？"

"不是，她要跳楼！"

"啊？"

片山立刻站起身。

"石津！"片山跑到医院的夜间急诊入口，"怎样了？"

"还在上面。"石津说，"她不让人靠近，说谁靠近她，她就往下跳。"

"我去看看。"

楼顶的风又大又冷，光是被这股风吹久了都会难受。

"为了不刺激她，我们没有开大光灯。"

"好。"片山脱下外套交给石津，"我先去和她聊聊。"

他缓缓走在昏暗的屋顶，看到贵子站在高及胸口的扶手的外侧。

为了不吓到对方，片山故意咳嗽几声。

"谁？"贵子警觉地问。

"是我，片山。"

"哦……是你啊。"

"累了吧。把手给我，好吗？我来扶您。"

"片山，谢谢你的好心。"贵子说，"我真的……累了。"

"我明白。"片山说，"但是，您先生和亚季子都没有过世啊。"

"和死了没两样。丈夫再也醒不过来，女儿肯定也孤零零地死在深山荒野了。我知道。"

"但是……"

"别管我了。让我去死。我死了没人会难过……"

贵子的声音听起来万念俱灰。

片山有些犹豫，但……现在是危急时刻。

"屈井夫人，"片山说，"您不必在找到亚季子下落的今天去死吧？"

"你别管我……"贵子说，"你刚才说什么？"

"我妹妹见到亚季子了。"

贵子朝片山看去："你骗我？"

"真的！我妹妹在投宿的温泉旅馆里偶遇了亚季子。"

"温泉旅馆？"

"亚季子在那里做服务员。"

"服务员？"

"是啊，我妹妹也大吃一惊。她说亚季子干活的时候又勤快又麻利，看起来已经是专业人士了。"

片山只听晴美说亚季子在做服务员，其他都是临时编的。

"这……你在说谎？……为了让我不要跳楼。"

"我说的都是真的！我本来打算过来告诉您。"

"但是……"

"如果我骗你，您可以把我从屋顶推下去。"

"片山……你能带我去那家旅馆吗？"

"好，我马上安排车辆。如果连夜赶路，明早就能到达。"

"真的？亚季子……"贵子声泪俱下。

危险！

"石津！"片山大叫，"快把屉井夫人拉回来！"

石津立刻跑上前一把抱起贵子拽到栏杆内测。

片山松了一口气——他非常恐高。

现在所处的位置早已让他双腿发抖。

护士们也纷纷跑过来。

"屉井夫人！您没事就好！"护士们从贵子两侧搀扶。

"等一下……片山。"

"您说。"

"你刚才没骗我吧，关于亚季子的消息？"

"都是真话。"

贵子依然不敢相信："真的吗？那孩子真的在做服务员？"

"是的。晴美正好入住那家旅馆。"

"怎么会有这种事……好像做梦一样。"贵子甩开护士的手，冲到片山面前抓住他的手腕，"带我去见亚季子！现在！马上！"

"等一等，稍微休息一下。我们明天一早出发，好吗？"

"不行……莫非你在骗我？"

"没有啊。"

"那现在就走！不然我就跳楼！"

"您不能拿跳楼来威胁我啊。"片山无可奈何地说，"我现在就去安排车辆，您先等着，休息一会儿。"

"只给你五分钟！"

"五分钟？至少要一个小时。"

"那就三十分钟！"

片山被贵子抓得手腕都疼了。

"知道了！三十分钟。您倒是突然有精神了嘛。"

"当然！"贵子兴奋得仿佛马上能冲上天。

"对不起，让你久等了。"亚季子换下和服，换上毛衣和裙子来到旅馆大堂。

"都好了？"金山站起身。

"嗯，收拾一下就行。今天真的累坏了。"亚季子抱住金山，送上一个吻。

晴美看得有些尴尬。

"哎呀！"老板娘走过来打趣道，"好亲热啊。"

"那我下班了。"

"吃了饭再走吧？谢谢你今天这么卖力，我已经交代厨房去准备了。"

"但是……"

"也有你老公的份儿。"

"谢谢您！"亚季子莞尔一笑，"那我们去吃吧。"又突然想到晴美，"啊，但是……"

"我回自己房间。"晴美说，"很晚了。"

"是啊，如果……"

"你们可以吃完饭再来找我。"

"好！谢谢。"

看着亚季子挽了金山的手一起去吃饭的背影，晴美叹了口气，喃喃道："该怎么办呢……"

按理说，她应该立刻报警逮捕金山，这才是正道。过了今晚，金山也许又会逃走。但是……晴美想到亚季子那张幸福的笑脸，实在下不了决心。

即便金山浪子回头，犯下的罪孽也不会消失。

然而现在的他，是让亚季子感到无比幸福的丈夫，这也是事实。

"好难，福尔摩斯，"晴美说，"你觉得我该怎么办？"

福尔摩斯气定神闲地"喵——"了一声。

嗯，暂不报警。

晴美决定先回自己房间。

她和福尔摩斯一起朝房间走去，一路上仍在犹豫要不要给哥哥打电话。

她应该告诉片山已经找到了金山。

片山肯定会立刻安排人手对金山实施抓捕，这是他理所当然会采取的行动。

但是晴美忘不了亚季子的笑脸。亚季子真的相信这个叫加濑的男人，并且发自内心地爱着他。

金山也应该已经认清形势。见到晴美之后，他没法再和亚季子一起生活了。

到底该怎么办？

晴美一次次地掏出手机，又一次次地放下。

过了约十五分钟。

"打扰一下。"亚季子来到晴美房间。

"亚季子。"

"晴美，对不起，我们能明天聊聊吗？"

"明天？"

"对不起。让你等这么久却……"

"没关系，那……"

"晚安。"

亚季子微微鞠躬后离开。

"怎么办……"晴美叹气。

明天再说——这意味着金山有可能今晚就逃离这里。

如果真是这样，应该现在就抓捕金山，她应该这么做……

但结果晴美并没有这么选。

福尔摩斯也没有表现出着急、催促的样子。

无论片山以后会怎么想，晴美都不想看到警察冲进亚季子的家，当着她的面逮捕甚至射杀金山。

"没办法……"晴美钻进被子，"顺其自然！"

福尔摩斯横躺在被子上酣然入睡。

"你打算和她说什么？"加濑问。

亚季子说："是秘密。"

"我们之间还有秘密？"

"为什么不能有？你不是总说夫妻之间需要有秘密嘛。"

加濑和亚季子去旅馆的大浴池里泡了澡。

身体还有泡过的热力。

亚季子先钻进被窝。

"今天好累，干了好多活。"

"嗯……"

"哎，你干吗？"

加濑也钻进亚季子的被窝。

"不是说了今天很累嘛。"

"反正累都累了。"

"讨厌！"亚季子笑，却没有阻止加濑的手。

"你轻一点儿。"

"我知道。"

今晚的加濑比以往的任何一次都热烈地拥抱着亚季子。

亚季子也陷入兴奋的漩涡，与加濑紧紧拥抱。

两人的情与热甚至让寒冷的房间变得温暖了……

"啊……好久没这样了。"亚季子喘息，"你怎么了？

今天这么有兴致？"

"我想让今晚成为一个难以忘怀的日子。"

"今天是什么纪念日？"

"每天都是纪念日。"

加濑再一次把头埋进亚季子的胸口。

"亲爱的……亲爱的……"亚季子一边反复呼唤着，一边抱紧了加濑，二人激情拥吻，似无休止。

13　悬崖边上

是早上了？晴美睁开眼才发现自己是怎么醒来的——枕边的手机在响。

"嗯……"她懒洋洋地接起电话，是哥哥，"喂？"

"晴美，起床了吗？"

"刚起床，"晴美打哈欠，"怎么了？"

"什么怎么了？你昨晚怎么没联系我？"片山说。

经他这么一说，晴美想起来了。

对了！亚季子在这家旅馆做服务员、她那个叫加濑的丈夫其实是金山……

"一两句话说不清楚。等我清醒些了再和你讲。"晴美想多争取一点时间。

"反正马上要到了，见面说。"

"啊？什么？"晴美坐起来，"马上到哪里？"

"你住的旅馆是叫'红叶庄'吧？"

晴美听到这句话，彻底清醒了。

"你正赶过来？"

"正在路边的餐馆吃早饭，估计再过三十分钟就到了。"

"所以你开了一夜的车？为什么？"

"说来话长……"片山把昨晚屈井贵子打算跳楼的事告诉晴美，"我也没办法，为了让她打消跳楼的念头，只能告诉她。"

"等一下，亚季子的妈妈和你在一起？"

"当然，还有和我轮流开车的石津。"

"再过三十分钟就到？"

"嗯，亚季子早上会去旅馆吗？"

"她晚上工作到很晚，估计早上不会来。"

"是吗？总之我们到了再说。"

"哥……"

"我们刚吃完饭，马上继续赶路。有话见面说。"

"哥！"

电话已经挂断。

晴美没来得及说出"和亚季子同居的是金山"这句话。

"怎么办……"晴美叹了口气，看了一眼早已醒来正在认真抹脸化妆的福尔摩斯，"有罪同担哦。"

晴美赶紧起身去房间里的浴室冲澡。

裹着浴巾从浴室出来时，亚季子已经换上和服在房间里为她铺床叠被了。

"早上好！"

"啊……早。"

"你现在就吃早饭吗？要去大食堂。"

"哦，我马上去。"

"我把房间收拾一下。"亚季子麻利地收起被褥，"一大早就被老板娘叫来了，要为昨天的团体客人准备早饭。"

"好辛苦啊。"

接下来可不只是辛苦而已了。

"呃……你老公呢？加濑先生呢？"

"还在睡，"亚季子说，"弄好早饭，全部做完，估计要到十点半左右。"

"是嘛……"

"你先去吃早饭吧。"亚季子说着快步走出房间，"对了，我跟厨房说了，让他们给福尔摩斯准备了烤鱼干。"

福尔摩斯"喵——"地叫了一声，表示感谢。

"马上就到。"坐在副驾驶座上的片山问后座的屉井贵子，"您累了吧？"

"谁累了？"贵子反问道，"开什么玩笑，怎么会累？"

她看上去精神焕发。头发虽已全白，但此刻似乎突然焕发青春。

"片山前辈，"握着方向盘的石津说，"前面有温泉街的指示图。"

"我去看一下红叶庄怎么走。"

车子在指示图前停下，片山下车走近看。

怎么看都觉得此地太过偏僻，所谓的温泉街没什么人气。

"找到了，在车站附近。"

片山回到车上。

"沿着这条路一直向前就到了车站，红叶庄在左手边。"

"好。"

车子继续行驶。

"啊……我觉得心脏跳得好快。"贵子摸着胸口，"真的是亚季子？没认错人？"

"我妹妹很靠谱，和我不一样。"

"这倒是。"

听贵子这么说，片山多少有些难过。

一大早的，路上几乎不见人影，也可能这一带本来就没什么人。

"好小的镇子，小得很容易错过。"片山瞪大眼睛看向窗外寻找红叶庄。

"这里！"片山说，"停车！我们到了。"

"快走。"贵子着急地打开车门。

"等一下。亚季子是上晚班的，早上应该还没来。我们去问一下旅馆的人她住哪里。"片山下车后对石津说，"你在这里等着。"

"遵命！"

片山和贵子二人从红叶庄的正门走进去。

门口摆着一排鞋子，都是今早要退房的客人的。

柜台里没有人。

片山四处张望，想找个服务员。

走廊深处传来一个声音："好好拿着！别洒了！"

"那个声音，"贵子说，"难道是……"

双手各端一只托盘、身穿和服的服务员几乎是跑着来到门口处，正好从片山与贵子眼前擦身而过。

"亚季子！"贵子叫了一声。

服务员惯性地向前跑了几步，停下来回头一看。

"妈！"

"啊，亚季子……你……"

亚季子不知所措。

"二位先等一下，客人等着吃早饭呢。她送完马上回来。"从亚季子身后跑来另一名服务员，呵斥道，"你看！托盘都倾斜了！汤汁快洒了！"

"你先去忙。"贵子说，"我等你。"

亚季子端着托盘迅速离开，又以惊人的速度空手跑回来。

片山和贵子来到旅馆大堂的沙发上坐下时，亚季子又一次双手各端一只托盘小跑着经过他们。

"好厉害啊！"片山由衷地佩服，"跑得这么快，手里的托盘还这么平稳。"

"这孩子……"贵子叹了口气，"在家的时候，没洗过一个盘子。"

突然听到猫咪叫，是福尔摩斯。

"喵——"

"哥！"晴美走过来，"你们刚到？"

"嗯，刚才看到亚季子了。"

"是嘛。"晴美对片山说，"你过来一下。"想把片山叫到一旁。

"哟！您是亚季子的妈妈啊！"老板娘突然走过来，"我是这家旅馆的老板娘。"

贵子赶紧起身低头致意："谢谢您一直关照我女儿。"

"哪有！是我要谢谢亚季子。这么年轻，这么肯干。我们店里已经不能没有她了。"

"您过奖了……"

"我一直在想，是什么样的妈妈把女儿教得这么好呢？"

"谢谢……"

"我希望亚季子一直在我们这里做下去。当然，生孩子前后肯定要好好休息。等安定好了，一定要回来我们这里继续做啊。"

"哦……"

"如果觉得带孩子顾不过来，我去和镇政府说，让他们开托儿所。不瞒您说，之前也有优秀的员工因为要带孩子而不得不辞职……"

"啊……"

"总之，我跟她说了，等她生好孩子回来干活了，我一定给她涨薪水。拜托您也劝劝她，一定要回我们这里做事哦。"

老板娘滔滔不绝，好像停不下来。

"老板娘，电话！"

"来了！那我先告辞了。"

"您走好……"

贵子呆愣好半天。

"这么多的消息……够我吃惊十年……她怀孕了？"

"听说六个月了，"晴美说，"但她一直在忙，还没空好好聊一聊。"

"我从没见过那孩子如此生龙活虎的模样。"贵子说，"片山……"

"什么事？"

"我只想告诉亚季子，她爸爸病倒了。"

"嗯。"

"如果她知道她爸爸是因为她才倒下的……我怕会影响她肚子里的孩子。"

"哦。"

"虽然她迟早会知道。当然这不怪亚季子，要怪就怪那个金山说那种谎话……现在和亚季子在一起的叫什么名字？"

被突然这么一问，晴美没能当场作出正确的说明。

"叫加濑，年纪比亚季子大很多。"

"叫加濑啊，找得好好见见他，谢谢他。总算可以安心了。以前还担心亚季子被人逼着干粗活。"

"肯定不是被逼的。您也看到了，老板娘这么赏识她，真了不起。"片山点点头。

晴美真想大喊：还有你们不知道的！

福尔摩斯蹭的一下跳到晴美的膝盖上。

晴美觉得福尔摩斯抬头看自己的眼神好和蔼。

不说，可以吗？但是……

"啊，总算可以歇会儿了。"亚季子喘着气走过来，"妈，对不起，一直没联系家里。"

"看到你这么精神，我就放心了。"贵子握住亚季子的手，"瞧你这双手，确实是干活的手了，以前白白嫩嫩的……"

"妈，我……"

"刚才都听老板娘说了，有宝宝了？"

"嗯。"亚季子微微脸红，"我很幸福。读书的时候，每天都觉得很无聊。但现在不一样了。"

"是啊，我也看出来了。"

"谢谢您！妈……您多了好多白头发。"

贵子站起来抱住女儿。

"快带我见见你的好老公。"

"嗯！"亚季子擦了擦额头的汗水，"跟我来。"边说边拉着母亲的手往外走。

接下去会怎样？

晴美决定不管了。她跟在片山后面，和福尔摩斯一起走出旅馆。可她还是想做点儿什么，至少让哥哥了解金山目前的情况。

但是一出旅馆就见路上多了很多人——穿着和服、服务员打扮的亚季子一路上不停地和当地人打招呼。

"早啊，小亚子！"土产店的热情问候。

"今天这么早啊。"杂货店的也来关心。

"小亚子！身体还好吧。"

亚季子——礼貌地回应。

"您早！"她边笑边说，"今天也很冷吧？"

走在边上的贵子颇感欣慰："大家都很喜欢你啊。"

"嗯，大家都叫我小亚子呢。"亚季子笑着说，"毕竟在温泉旅馆做服务员的，很少有我这么年轻的。"

"真了不起。"贵子高兴地说。

见这母女俩的模样，晴美越发觉得为难。加濑就是金山——当她们得知这个真相的时候，那该会是多大的打击啊。

"哥，"晴美拉住片山的手臂小声说，"你听我说。"

"什么事？"片山回头问。

"其实……"

"到了，"亚季子停下脚步对贵子说，"稍微等一下，我估计他还在睡觉。外面太冷，要不您先去土产店里等会儿？"

"我没事。你叫他起床的时候温柔点儿哦，别太凶。被我们吵醒也怪可怜的。"

"嗯。我会吻醒他。嘿嘿！"亚季子说得自己都红了脸，噔噔噔地跑上楼梯。

"这孩子真是的，"贵子眼泪汪汪，"都不明白当妈妈的有多担心……等她自己当了妈妈一定会明白的。"

亚季子用钥匙打开门，走入屋内。

晴美问片山："石津呢？"

"在车里等着。应该就在公寓附近。"

"是嘛……"

门又开了，亚季子走出来："奇怪，"她走下楼梯，"好像已经起床了，但不知去了哪里。"

莫非逃了！晴美心想，还用说吗？他定是猜到警察会来这里。这等于是我放跑了他。

"妈，你先进屋。他应该马上会回来。"

不会回来了，因为他知道回来就会被抓。

"哥！"晴美好想大叫：快派人去追！不然金山又要跑得无影无踪了！

"啊，回来了。"亚季子笑着说，"亲爱的！你去哪里了？"金山提着超市袋子走回来。

"我看家里的饮用水快没了，想着你不能提重物……"

"我还以为你去哪儿了呢。这是我妈。"

"你妈妈来了？"

"没想到吧？我也是。妈，这是加濑。"

金山走到贵子面前低下头："您好……真对不起，把您女儿带来这种地方生活。"

片山当场呆住。

"你……"

晴美终于可以说了："一直没时间跟你解释。"

"但是……"

片山一时语塞。

"谢谢你照顾我女儿。看到她这么幸福，我也放心了。"贵子向金山道谢。

晴美也吃了一惊。贵子居然没认出加濑就是金山。

难怪。首先，贵子没有一直盯着金山的照片；再者，金山的样子确实变了很多，从头到脚给人以诚恳好男人的印象。

"很高兴听到这句话。"金山说，"对不起，让您担心。"

"不会，只要我女儿过得好。"

"快别站在门外讲话了，外面冷。屋子比较小，不嫌弃的话，快请进吧。亚季子，开门。"

"早就开了。哦，对了，这是晴美的哥哥片山义太郎，是刑警。"

金山的表情看起来有所犹疑，但立刻摆出笑脸："您好，我叫加濑。亚季子一直很受您妹妹关照。"说着低下了头。

片山犹豫了几秒钟，不知该回答什么，但看着亚季子微笑的眼睛，他只能顺势回答说："您好，我叫片山。"

"我去泡茶。你们都快请进。"亚季子神采奕奕地走向房间。片山无可奈何地跟在后面。

"请进！"

屋里点着暖气炉，很暖和。

亚季子利索地泡了茶。

"房子收拾得很干净啊。"贵子说，"你以前的房间总是乱糟糟的。"

"只要有心去做，肯定都能做好。况且，总不能在满是灰尘的房间里养育孩子吧？"

穿着和服、服务员打扮的亚季子看上去确实是个有模有样的主妇了。

"其实呢，"亚季子看了一眼端着点心盘子走过来的金山，"他经常帮忙打扫。"

"毕竟亚季子赚的是我的好几倍呢。抱歉，家里没什么好东西，尝尝粟米脆吧？"

"他知道我怀孕后就戒烟了。烟瘾上来的时候，总是一个劲儿地吃粟米脆。"

金山害羞地笑了。

"啊，亚季子。"

"嗯。"

"既然已经见到你妈妈，不如趁这个机会回一趟东京，好好向家里交代一下？"

"今天？"

"嗯，老板娘会理解的。旅馆其实没那么忙。"

"话虽如此……但不用这么着急吧……"

"也不是一直要待在东京。请两三天假，我们把结婚证领了。等肚子再大些，会不方便出行的。现在去的话，你也轻松些。"

"是哦，"亚季子还有些犹豫，"但就算我妈理解我，我爸他……"

片山和晴子互相瞥了对方一眼。

"亚季子。"贵子说，"你爸爸住院了。"

"啊？情况怎样？严重吗？"

"嗯，也许没法认出你……"

亚季子吃了一惊："这么严重？"

"你更该回去了。"金山说。

"嗯，就这么定了。"亚季子站起身，"我去和老板娘请假。"

"好。亚季子，你和妈妈一起去找老板娘，好不好？"

"为什么？"

"事关今后的事，你和妈妈一起去和老板娘说比较好。"

"那我和你一起去。"贵子也站起身，"加濑先生，谢谢你想得这么周到。"

"哪里。回东京要转好几趟车，不过如果中午出发，今晚就能到。"

"好。片山，我们去去就回。"

"哦……"

亚季子和贵子出了家门。

"走楼梯的时候小心点儿！"贵子叮嘱道。

金山、片山、晴美和福尔摩斯留在屋内。

沉默片刻，金山先开口。

"谢谢你。我听亚季子说过，你是好人。"

"我刚才那么做都是为了亚季子。"片山瞪着金山。

"我知道。"

"你……为什么没逃走？"晴美问。

"丢下亚季子不管？我做不到。"

"你想逃也逃不掉！"

"嗯。不过，我想拜托你到了东京再抓我。"

"但是……"

"如果我想逃，早就逃了。"

片山不情不愿地说："好吧。反正一辆车坐不下这么多人。我和你一起乘列车。"

"拜托了。"

"等到了东京……"

"要杀要剐，悉听尊便。"金山说，"但我在东京有件事要办。如果你能等我办完那件事再……"

"别得寸进尺！"

"也是哦。"金山笑了笑。

晴美问："是关于你妈妈的事？"

"那算另一件。我把她拜托给朋友了，应该没事。"

"我有个问题要问你，"片山说，"屉井前辈为什么要放走你？"

金山瞪大了眼睛："你还不知道？"

"还没等我开口问，他就倒地昏过去了。"

金山缓缓点头。

"是嘛……那我从头说起。"他喝了一口茶。

14　黑暗的出口

"到东京了！"亚季子从座位上稍稍起身。

列车即将到达东京车站，繁华的霓虹灯将夜晚装点得五彩斑斓。

对亚季子而言，这番光景是何等令人怀念。

"别激动。"金山提醒道。

"嗯。"亚季子坐下，"才离开一年，却仿佛过了十年。"

"那是因为你一下子成了大人。"

"哟，你什么时候变得这么会说话？我可没东西打赏你哦。"亚季子说着，吐了一下舌头。

"刚夸你变成大人，你又调皮得像小孩。"贵子苦笑。

贵子、亚季子和金山，三人坐在面对面的座位上。

片山兄妹和福尔摩斯坐在同一节车厢，与他们隔了几个座位。石津独自驾车回东京。

"快到东京车站了。"晴美说。

"我知道。"片山一脸为难地叹气，"该怎么办才好？"

"我觉得金山说的是真话。"

"嗯。但是怎么向上头报告? 说杀死若原的是屉井前辈?"

"不能瞒着不说, 放跑金山……"晴美点点头。

福尔摩斯独个儿坐在整张座位上, 看起来像在打瞌睡, 也不知有没有听到兄妹俩的叹息。

那时候——

屉井因腰疼坐在路边。

面前出现了人影。他以为必定是金山, 于是开枪。对方当即倒下。

然而忍痛走近一看, 倒地的是若原。

吃惊不已的屉井当场瘫坐在地。

这时, 金山站到屉井背后。

被金山用枪顶住时, 屉井已经作好赴死的心理准备。然而不知金山是怎么想的, 他抢走屉井的手电筒, 看到了若原的尸体。

金山发现子弹穿过了若原的身体, 用手电筒照着路, 找到了那颗弹头。

他向失神的屉井建议, 就当是自己杀死了年轻的警察, 但是……即将退休的屉井不知被金山的哪句话打动了……但放跑金山是实实在在地犯罪。

他还给金山钱, 帮他逃跑, 甚至帮他把神户哲叫去公园。神户哲因此而死在金山手里。"这些都是不能抹去的罪行。"片山说,"可怜他的家人。"

"是啊。对亚季子而言,金山和爸爸……是双重打击。"

"没办法,我们不能隐瞒。"

"是啊。"

列车又行驶了一段,开始减速。

亚季子起身走到片山兄妹这边。

"晴美,谢谢你跑这么远来看我。"

"没事。但是,亚季子,你要找我商量的事还没说吧?"

"是啊,没想到我妈妈会过去……"亚季子压低声量,"今晚我们住酒店。家里没准备,不方便我们过去住。"

"是吗?"

"抱歉,一次次地麻烦你,明天你能来酒店找我吗?"

"好。你们住哪家?"

"我老公订了N酒店。我们下车后直接去医院看我爸爸,然后去N酒店。"

"知道了。"晴美点点头,又看看哥哥。

片山皱眉犹豫了一下,"好。"点点头,"明天我也去。"

"好的。拜托了,明天十点,N酒店大堂见。"

"好。"

亚季子走回自己的座位。

"你打算怎么办？"晴美问。

"我也去住N酒店。看住他，不能让他跑了。万一被上头知道，肯定要炒我鱿鱼。"

福尔摩斯醒过来打了个大哈欠。

"那我们也去住N酒店，福尔摩斯，好吗？"

"喵——"不知这一声是行还是不行，福尔摩斯睡眼惺忪，看着晴美。

"对了。"片山突然想到，"如果金山说的是真话，那么射杀若原的那颗子弹已经在屉井前辈手里了，得找出来。"

"他会留着吗？早扔了吧。"

"也许吧，但还是想去找一下。"

片山走到贵子身边，说想去屉井家找一下东西。

贵子掏出自家的钥匙交给片山："你自己去吧。"

"可以吗？"

"当然，我完全信任你。"

"谢谢。"

片山紧紧地握了握手里的钥匙。

"我来帮您拿行李。"金山站起身，从行李架上取下行李。

列车驶进车站。

片山对晴美说："我先去屉井家。你跟着他们，订好N
酒店的房间，要靠近他们的房间哦。"

"好。"晴美站起身。

列车停站，乘客纷纷下车。

既然到了酒店……

片山决定今晚不睡了，他还是担心金山会逃跑。

和酒店打过招呼，他们拿到了金山和亚季子房间斜对面
的房间。把门打开，留出一条细缝，就能看到亚季子的房间。

片山拿了把椅子放在门边，监视着斜对面。

"你打算一直坐在这里？"晴美从浴室出来，穿着浴袍
走过来。

"嗯。"

"没事儿，金山不会跑的。"

"我也这么觉得，但还是担心。"

片山觉得自己肩上有责任。刚才在屉井家，他从屉井的
书桌抽屉里找到了那颗子弹，装在塑料袋里交给了鉴证科，
请他们确认是不是屉井配枪里的。

片山很清楚，金山说的是真话。当然，即便如此，金山
的杀人罪名也不会消失。一想到亚季子，片山就心情沉重，

但他不能任由金山逍遥法外。

"哥！"

被晴美拍了拍肩膀，他吃了一惊。

"干吗？"

"还问我干吗？你都快睡着了，这样监视有用吗？"

"快睡着了？我？我睡着了？"

"你自己都没意识到。"

"呃……现在意识到了。"片山做了个深呼吸，"可恶！我睡了多久？"

"不久，刚才见你醒着打了个哈欠。是吧，福尔摩斯？"

"喵——"

"你也困了呀。"

"唉，坐着也不轻松啊。"

"不如去泡个澡，清醒清醒再继续？你泡澡的时候我来守着。"

"现在几点？……快凌晨一点啊。"

"都这时候了，金山不会出去了吧。"

"万一……"

"交给我吧。我去换好衣服坐在这里，万一有什么，马上可以采取行动。"

"好吧，拜托你了。我泡十分钟就出来。"

"不用着急，我会好好看着的。"

"嗯。"

片山一边打哈欠，一边走去浴室。

晴美换下酒店的浴袍，换上自己的衣服，代替片山坐在门边。"福尔摩斯，如果你发现什么，记得叫我哦。"

"喵——"福尔摩斯的叫声似乎在表示：不用你交代。

"话说回来，金山虽然是凶犯，但他是真的爱亚季子。亚季子教会了他如何善待他人。原来人真的会改变。"晴美自言自语地念叨起来……

"好疼！"晴美跳起来，"福尔摩斯，你干吗抓我！"

"喵！"

"啊！"晴美这才发现自己刚才睡着了，紧接着，她看到走廊里金山的背影。

"谢谢你叫醒我！……哥！"她叫了一声，但浴室里只传出淋浴声。

晴美判断哥哥现在听不见，但眼看着金山要逃走了。

"我们走，福尔摩斯。"

晴美带着福尔摩斯冲出房间。

她们尾随金山来到电梯前，看着金山走进电梯关上门。

晴美赶紧按下行键。

这里的电梯清楚地显示电梯停在哪一层——金山到了酒店大堂。

要是他出了酒店该怎么办？晴美焦急万分。

电梯终于来了，晴美赶紧进去，下到一楼。

来到大堂，晴美左右张望。

没人？大半夜的，酒店大堂没人也正常。

"喵——"福尔摩斯小声叫了一声。

晴美顺着福尔摩斯的视线看过去。

酒店大堂的半个区域是咖啡座，已结束营业，但是……

一张空沙发上坐着个男人，背对晴美。

看身形应该是金山。

晴美松了口气。

突然背后有人说话："晴美？"

晴美回头一看。

"啊……"她吃惊地瞪大了眼，"江里小姐？"

站在晴美身后的正是中泽江里。

晴美知道江里和片山最近在交往。

"晚上好！"江里欠身致意，"请问……"

"你来找我哥？"虽然嘴上这么说，但晴美觉得片山正忙于监视，应该没心思把她叫来。

"你哥也在这里？"

"嗯，在房间里，应该正在泡澡，我代替他……"晴美觉得一两句话很难说清楚，"江里小姐，你怎么会这个时候来这里？"

"有人叫我来的，说金山广造今晚一点钟会出现在这家酒店的大堂。"

"啊？"晴美惊愕不已。

"我刚到。那边坐着一个人，是他吗？"

"也许。是谁告诉你的？"

"不知道，是语音留言，听不出是谁。"

"是嘛。"

"我……即使见到金山，也没打算把他怎样，只想亲眼看到他被抓。"说到这里，江里见晴美背后又出现一个人，"啊！若原妈妈？"

晴美回头一看，若原等的妈妈洋子穿一身黑色套装走进酒店大堂。

江里挥手致意，若原洋子立刻看到了她们。

"江里，你怎么会在这里？"

"您呢？"

"不知是谁给我打电话，说今晚金山广造在这里……"

"嘘！好像是那边那个人。"江里指了指沙发上的男人。

"阿等的仇人！警察呢？"

"放心吧。"晴美说。

她立刻打手机给片山，片山很快接听了。

"喂！你在哪里？"

"楼下大堂。你快过来。"

"喵！"福尔摩斯叫了一声。

酒店大堂的地下空间直达地铁车站，有个人乘扶手电梯上到大堂。

"啊……"晴美彻底迷惑了。

这次来的是屉井贵子。

"咦，晴美？"

"贵子夫人，您怎么……"

"有人通知我说金山会来这里，就是那个害惨我丈夫的金山！"

"啊……"

"喵！"福尔摩斯又叫了一声。

酒店正门又有人进来。

"这又是谁？"晴美歪着脑袋看着走进来的中年妇女。

"啊，莫非……"贵子认出了对方，立刻挥手招呼。

"贵子夫人！好久不见。"

"这位是田村女士，我丈夫以前一直关照她。"

"我叫田村凉子。"田村有些不自在地向众人打招呼。

"你也是为金山而来？"

"是啊。不知谁打来的电话，叫我半夜一点钟过来，说金山在这里，"田村凉子点点头，"屉井先生帮了我很多……都怪金山，害他变成现在这副模样。一想到这些，我就对金山恨得咬牙切齿。"

"但到底是谁……"

晴美正喃喃自语，电梯门开了，片山终于下来了。

"喂！"

"在那里！"晴美指了指金山坐着的地方，"但不知道是谁把大家都叫来了。"

"啊？"

"总之，请抓捕他！"若原洋子说，"如果那人真的是金山。"

"嗯，我知道……"

贵子还不知道金山就是加濑。片山有些犹豫。

"总之这里交给我，你们放心。"片山说，"晴美……"

"他是自己下楼的。"

难道他在等谁?

"知道了。我现在过去。"片山做了个深呼吸,朝别无他人的咖啡座走去。

晴美和福尔摩斯紧随其后。

其他女人保持距离地跟在后面。

金山独自坐在沙发上,看起来像是睡着了。

片山绕到他的正面。

"你干吗来这里……"

话音未落,片山已呆住。

"哥!"

"喵!"福尔摩斯叫了一声。

金山整个身子陷在沙发里,脑袋歪向左侧。

他并不是睡着——胸口满是血。

片山赶紧给金山把脉。

"死了。"

"胸口的伤是……"

"利刃所致。"

"是被谁杀的?"

"没错。"

"到底怎么回事？"片山一头雾水，"我先联系总部。"

片山打电话的时候，那几个女人惴惴地走上前。

"晴美……"中泽江里说。

"有人杀了金山。"晴美说。

大家都探头看向金山。

"啊！"贵子大叫，"这不是加濑吗？"

"是的。"

"那……"

"亚季子不知道加濑就是金山。我们一直说不出口……"

"竟然有这种事！和亚季子私奔的是金山？"

"是。"

"亚季子……要是她知道了……"

"只能让她知道了。"晴美说，"她迟早会知道。"

"但……到底是谁杀的？"田村凉子问。

四个女人——中泽江里、田村凉子、若原洋子和屉井贵子看了看彼此。

"不是我……"若原洋子说，"但我要谢谢那个杀了他的人。如果看到他活着坐在这里，我应该会动手。"

其他人缄口不语，没有人说"不是我杀的"。

"总之，"片山说，"你们都留下，我一个个问情况。"

"知道了。"田村凉子点点头，"但是贵子夫人，你刚才说的亚季子的事是真的吗？"

贵子犹豫着点点头："好像是……"

"喵！"福尔摩斯像打断众人讲话似的尖叫一声。

晴美顺着福尔摩斯的视线看去。"亚季子！"

披着酒店睡袍的亚季子正从电梯里走出来。

"我老公不见了，"亚季子说，"我有些担心，下来看看。"

"亚季子，你听我说……"

"坐在沙发上的那个人是他吗？"亚季子径直走向沙发。

"亚季子！"贵子想阻拦，亚季子却推开贵子，冲到沙发前。

"他死了？"亚季子声音颤抖。

"很遗憾。"晴美抱住亚季子的肩膀。

"怎么会这样？"亚季子喃喃道，"其实我都知道了。"

"知道什么？"

"知道不会长久。太过幸福反而会害怕，总觉得要发生什么。"亚季子跪倒在沙发边上，趴在金山身上吻了他。

"亚季子……"贵子想上前安慰，见亚季子突然昏过去。

晴美赶紧跑上去，同时大叫："哥！快叫救护车！"

一个小时后，搜查队的到来令酒店大堂人声鼎沸。

亚季子被救护车送到最近的医院，贵子也陪着过去。

"片山。"

站在大堂一角的片山和晴美同时回头。

是中泽江里。

"抱歉把你留下。"

"没事儿。虽然金山是凶犯，但杀了他……"

"是啊。过会儿向你简单了解一下情况，再让你离开。"

"真的是我们四个人中的一个杀了他？"

"不知道。也许还有其他人也被叫来了。"

晴美点点头说："是啊。我是紧跟着金山下楼的，到大堂的时候，金山已经坐在沙发上了。之后江里小姐叫了我一声，"晴美陷入回忆，"如果我一直看着金山，也许就能知道是谁杀了他。"

"也就是说……"

"我是在他后面一趟电梯下到大堂的，距离他下来的时间很短，而他正是在那段时间被杀的。"

"如果凶手立刻逃走……"

"但正门和地下扶手电梯都有人进来，没人说看到有人匆忙离开。"

"但有人看到其他三个人进来，对吗？"

"是的。如果凶手先跑出去再假装刚进来……从时间上来说，这种可能性最大。"

"是啊。如果有其他人来过，平白无故少一个反而惹眼。"

"凶器呢？"

"正在找……大堂这层和地下那层都有洗手间。如果扔进马桶冲掉……"

"凶手应该有足够的时间去洗手间处理凶器。"

江里听着两人的对话。

"那个女孩怀了金山的孩子？"

"是啊，看起来过得很幸福。"

"是嘛。虽然只有短短一年，但能拥有那样美好的回忆也是幸事。"江里说，"希望她知道丈夫是金山之后不要记恨……"最后那句更像是江里的自言自语。

金山的尸体被抬出去。

片山等人怀着复杂的心情目送。

15　黑暗中的明灯

"给她注射了镇静剂，已经睡着了。"医生说，"身体没有异常，肚子里的孩子一切都好。"

"是嘛。"片山稍稍松了口气。

"让她安心静养。"晴美说，"我守在这里，等贵子夫人回来了和她交班。"

"知道了。加濑就是金山……"

"我会好好告诉她的，放心吧。"

片山兜里的手机响了。

"糟了，忘记病房里要关闭电源。"片山赶紧冲出去。

晴美说："我去给花换水，福尔摩斯，你看着点儿哦。"

"喵——"

病房里只有福尔摩斯和亚季子。

福尔摩斯慢悠悠地朝病房里的柜子走去，对准把手轻轻一扑，前肢拨了一下，然后用身体挤开柜门。

又机灵地打开放在柜子里的亚季子的包，钻进去。

亚季子睁开眼喃喃道："我是睡着了吗？"她环视病

房，"没人吗？"重重地叹了口气，"为什么我没有哭得更厉害？"她自言自语，"好想哭到被自己的眼泪淹死……"

听到一阵声响，亚季子看向柜子。福尔摩斯从柜子里钻出来。

亚季子不可思议地问："你怎么知道里面有这个？"

福尔摩斯叼着那东西来到床边，放在亚季子伸出的手上。

亚季子把那东西藏到床垫下。

病房的门开了，亚季子闭眼假寐。

"我明天也会买花来。"晴美放好花瓶，"咦，柜门怎么开着？"

片山也回到病房，一脸为难。

"怎么了？"

"鉴证科的报告刚刚出来了。"

"鉴证科？"

"关于在屉井前辈家里发现的那颗子弹。"

"打死若原的那颗子弹来自他的配枪？"

"经过调查，确认那颗子弹不属于屉井前辈的配枪。"

"啊？怎么回事？"

"要么是金山把别的子弹给了屉井前辈，要么杀死的若原不是屉井前辈。"

"但屉井先生自认是他开的枪吧。"

"有蹊跷。鉴证科正在调查子弹上的血迹是否属于若原。"

片山坐在椅子上双手抱臂。

福尔摩斯来到片山脚边，直勾勾地看着片山。

"嗯？等一下。"片山点点头，"对哦，可以一试。"

"怎么了？"晴美不乐意地抱怨，"你俩把我撇下，另组小团体了？"

又是一个阴云密布的寒冷之夜。

"和一年前一样。"片山说。

"那天晚上也很冷？"

"是啊。"片山小声说。

"要在这儿守到天亮？太辛苦了吧。"晴美说。

"没办法。这次带了这么多东西，比以前好多了。"片山把保温筒里的咖啡倒入纸杯，喝了一口。

一年前追捕金山时，他来过这座"鬼城"。

如今与当年一无二致。

片山兄妹和福尔摩斯来到若原被杀的那条小路，躲在当时若原走出的那扇门内。

"真会有人来？"晴美问。

“不知道。”

“喵——”福尔摩斯的叫声听起来很自信。

“心情好沉重啊。”片山说，“一想到夫人的遭遇……”

他指的是屉井夫人。女儿亚季子与金山同居，还怀了孩子。单是这一点，已经够她受的。而且警方已对外公布“若原刑警并非被金山所杀，而是被同事误杀”。虽然没有公开点名屉井，但贵子已知道。

警方并没有向媒体公开金山利用这一误杀、借屉井之手逃之夭夭的事实。这是上头的意思。考虑到神户哲因此而死，片山觉得不该隐瞒，但一想到贵子……

“真的不是屉井开枪杀了若原？”

“不是。”

“那为什么要对外公布那样的消息？”

“赌一把。我们已经找到了屉井前辈配枪里的子弹，这就意味着……”

“有人来了！”

片山屏息凝神，关注来者的动向。

一个人影来到同一条小路，拿着手电筒照向地面，接着朝左右墙壁照来照去。

“走吧！”片山做了个深呼吸，挺了挺背。

他打开那扇门，发出"吱呀"的刺耳声响。那个人影吃惊地回头。

"您在找什么，若原夫人？"片山说。

"片山先生，"若原洋子表情僵硬地挤出笑脸，"我想看看儿子过世的地方。"

"挑这种时间来？"

"不行吗？"

"若原夫人，您是在找子弹吧！"

洋子脸上顿时木无表情："我不知道你在说什么。"

"你在找杀死你儿子的子弹。媒体报道称被找到的子弹属于屉井前辈的配枪。这么一来，您一定以为还有一颗，也就是真正杀害你儿子的子弹还留在这里。"

"片山先生，你的意思是……"

"媒体报道的并非事实。"

"你说什么？"

"警方找到的子弹，也就是金山捡到并带走的子弹，并不属于屉井前辈，而是杀害你儿子的子弹。"

洋子震惊得不能动弹。

"是你开的枪吧？"片山说。

"哥……"

"那天，就在屉井前辈开枪的同时，有另一颗子弹射出来。屉井前辈并没有注意还有别人开了枪，看到你儿子倒地，就误以为是自己打死的。"

"那屉井前辈射出的子弹呢？"

"估计打偏了，不知飞到哪里去了。这一切都被金山看在眼里。"

"为什么要开枪杀死自己的儿子？为什么？"

若原洋子无力地垂下肩膀："那孩子……完全没有看女人的眼力。总是被坏女人欺骗。我拿出了确凿的证据，他还是不信。"洋子说，"都怪那个中泽江里，和有妇之夫混在一起。那天，若原来这里出警前回过家，我和他因为中泽江里的事大吵一架。"

"然后呢？"

"我把中泽江里和别的男人从酒店出来的照片拿给他看。以前他看到那种照片，肯定会选择放弃，那天他却顶撞我说'她说了会和那个男人分手'。出门前还说'你别再干涉我的事了'，"洋子面无表情地说，"当时我觉得，儿子不要我了。"

"若原夫人……"

"我开车追着他来到这里。当时吵到失去了理智……没想到会走到这一步。"

片山叹了口气。"您哪儿来的枪?"

"一年多前,儿子捣毁了一间我们家附近的暴力团伙,收缴了十几把手枪。因为当时急着要去别的地方,所以他暂时把枪带回了家。装枪的袋子有个洞,碰巧掉了一把出来。"

听起来实在匪夷所思,但现实中真有可能发生。

"我当时鬼迷心窍地捡了那把手枪一直留着,没想到最后用来射杀自己的儿子。"洋子说完没了力气。

"枪在那里?"

"家里。"

"是你杀了我丈夫!"亚季子突然跑出来。

"亚季子!"晴美跑过去,"你怎么……"

"是她杀了对我来说最重要的人!"

"是你杀了金山?"片山问。

"是。"洋子轻轻点头,"当时金山都看见了。"

"我要报杀夫之仇!"亚季子说着掏出手枪对准洋子。

"啊!"洋子吓得蹲下身。

"亚季子!你哪儿来的手枪?"片山惊愕不已。

"是他藏在壁橱里的,"亚季子说,"是金山。"

"你知道加濑就是金山?"晴美问。

"现在知道了。如果早知道，我一定不会联系你。"亚季子哭成泪人儿，"和你在旅馆见面的那天晚上，在那间小公寓里，他抱着我说出了一切。"

"原来如此。"

"他一句怨言都没有，还说我早晚会知道。我劝他逃，他都没答应。"亚季子说，"他还说'如果再逃，又会变回罪犯，但我希望你肚子里孩子的父亲是个普通人'。"

"亚季子……"

"我没事。"亚季子放下手枪，"枪里没有子弹，福尔摩斯知道。"

"啊？"晴美震惊地看着福尔摩斯，福尔摩斯故意扭头装傻。

"我只想让她尝尝被人用枪指着的感受。"亚季子对洋子说，"你居然杀了自己的儿子！你儿子不是可以任由你摆布的玩具！"

洋子双手掩面。

"但我还是要谢谢你。"亚季子说，"他希望有人能杀了他。"

"你说什么？"

"我知道他一心求死，因为我们是夫妻。他一定想过，如果他因我而死，我一定会极其难过。"亚季子做了几个深呼吸，"我在浴室听见他打电话。"

"这么说来，通知那四个人凌晨一点钟去酒店大堂的是金山本人？"

"是的。他希望被人杀死。他还通知了其他的仇人。"亚季子看向洋子，"你杀他的时候，他完全没有抵抗吧？"

洋子点点头："我拿着刀，手发抖。他笑着对我说：'只要我还活着，就一定缠着你不放。'"

"他一定觉得如果被捕、被判刑，我会很痛苦。"亚季子说，"片山先生，他说拜托你帮照顾他母亲。"

"他母亲在哪里？"

"他写了地址。"

"包在我身上。"片山捡起地上的手枪，"嘿，石津！"

"在！"躲在暗处的石津跑出来，用力抹了一把眼泪。

"你把若原夫人带走。我送亚季子回医院。"

"遵命。"

亚季子朝福尔摩斯蹲下。"这个结局挺好，是吧？"这话似乎是说给她自己听的。

"没感冒吧？"晴美边走进病房边问。

"没事。"亚季子点点头，"为母则刚。"

"真的哦。"晴美说，"我带了糕点。"

"谢谢。再过两三天，我就要出院了。"

"你行不行啊？"

"本来就没什么。晴美……"

"嗯？"

"抱歉，一拖再拖。"

"对哦，你说有事找我商量。"

福尔摩斯蹭地跳到亚季子枕边。

"是福尔摩斯给了我勇气。"亚季子露出微笑。

"你要找我商量什么事？"

"我想问问……在监狱里也能生孩子吗？"

"监狱？为什么问这个？"

亚季子看着晴美："我杀了人。"

晴美顿时语塞。

突然，病房的门开了。

"打扰一下，请问这里是屈井亚季子小姐的病房吗？"

走进来的居然是……

"呀！"亚季子起身大叫，"茂原！你还活着？"

茂原拿着花。"我？这不是活得好好的嘛。"

"但是……车……"

"哦，那时候虽然撞到脑袋，有过脑震荡，但很快就好了。我有个石头脑袋。"

"我一直以为你死了！"

"看，我有脚，不是幽灵。"茂原笑着说，"你是个大人了。"

"对不起，我对你做了很过分的事。"

"没事了。你幸福就好……听说你要生孩子了？"

"嗯。"亚季子笑着说，"那个人虽然死了，但他活在这个孩子身上。人真的很不可思议。"说着摸了摸自己的腹部。

"恭喜你！"

"谢谢你特地过来看我。"

"我也有女朋友了。"茂原说，"她在外面等我。"

"那你快去。"

"你保重。"茂原伸出手，两人紧紧握手。

茂原走后，晴美说："这下你不用进监狱了。"

"如释重负！"亚季子笑了。

"啊，片山先生。"

"你怎么来了？"晴美问，"你不是今天要和江里小姐约会吗？"

"被放鸽子了。"片山气鼓鼓地说。

"怎么回事……等一下。"晴美拿出手机，"有条消息，是江里小姐发来的。"

"她说什么？"

"我读给你听哦。请转告你哥哥：我爸偷了公司的钱，他是逃犯。虽然是很糟糕的老爸，但我不能丢下他。我自己也因为这个爸爸而欠了很多债。和你哥哥在一起的时候，我忘了所有烦恼。但现在我必须逃走，不能给你哥哥添麻烦。我不会再和他见面了。衷心祝福他找到一个好姑娘。江里留。"

病房里的众人安静了好久，谁都没开口。

片山叹了口气："我就这么不可靠吗？"

"福尔摩斯，这回轮到片山先生接受安慰了。"亚季子边说边抚摸福尔摩斯的脑袋。

福尔摩斯嫌弃似的，"喵"了一声。